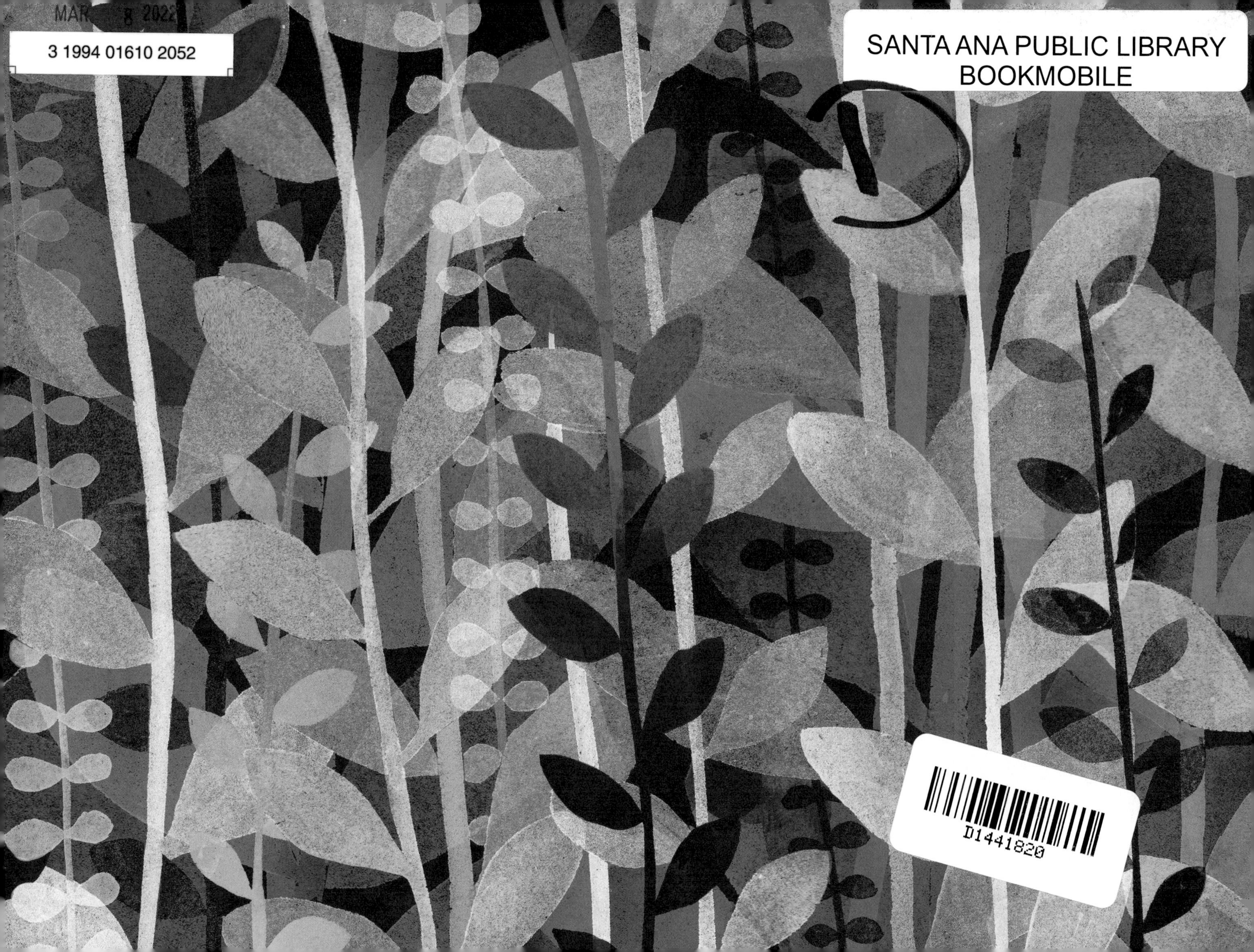

Para Will y Justin, de nuevo.

El ladrón del sombrero

NubeOcho
www.nubeocho.com · info@nubeocho.com

© del texto y las ilustraciones: Jon Klassen, 2012
© de la traducción: Marta Fernández Marcos y Luis Amavisca, 2020
© de esta edición: NubeOcho, 2020

Título original: *This Is Not My Hat*
Revisión: Alma Carrasco

Primera edición: julio 2021
ISBN: 978-84-18133-65-7

Publicado de acuerdo con Walker Books Ltd, 87 Vauxhall Walk,
London SE11 5HJ.

Impreso en China.

EL LADRÓN DEL SOMBRERO

JON KLASSEN

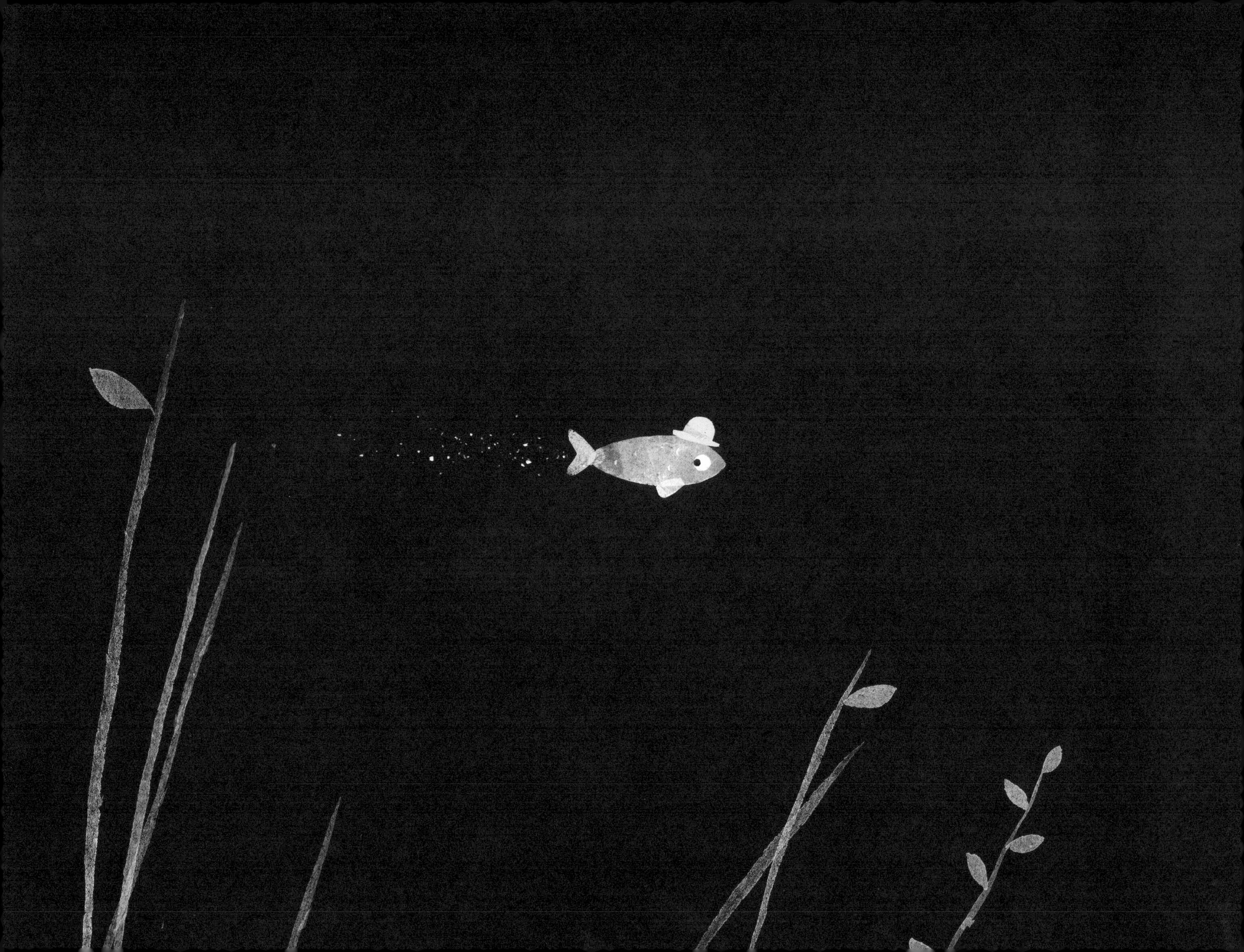

El sombrero que llevo no es mío.
Lo robé.

Era de un pez muy grande.

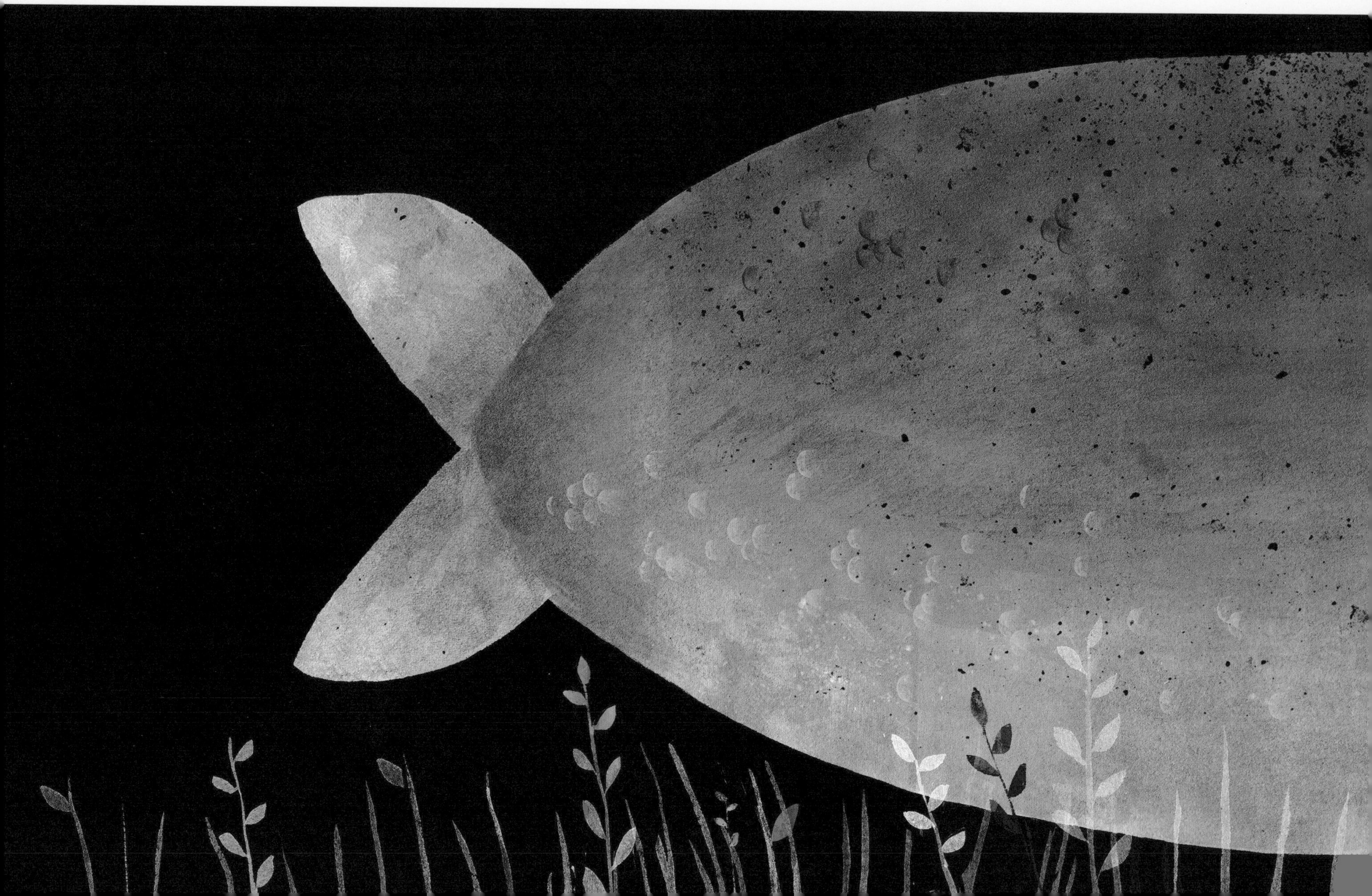

Se lo robé mientras dormía.

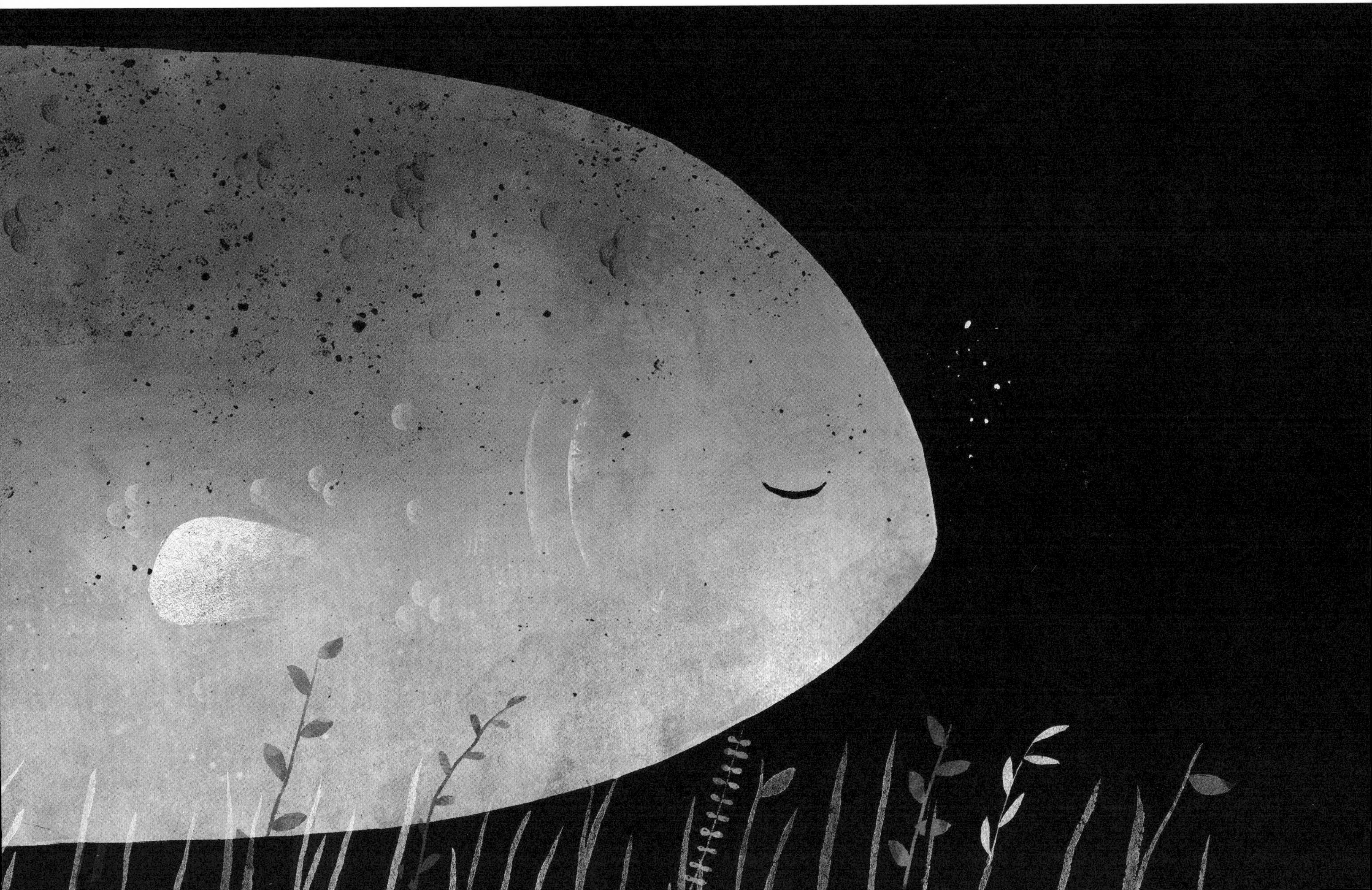

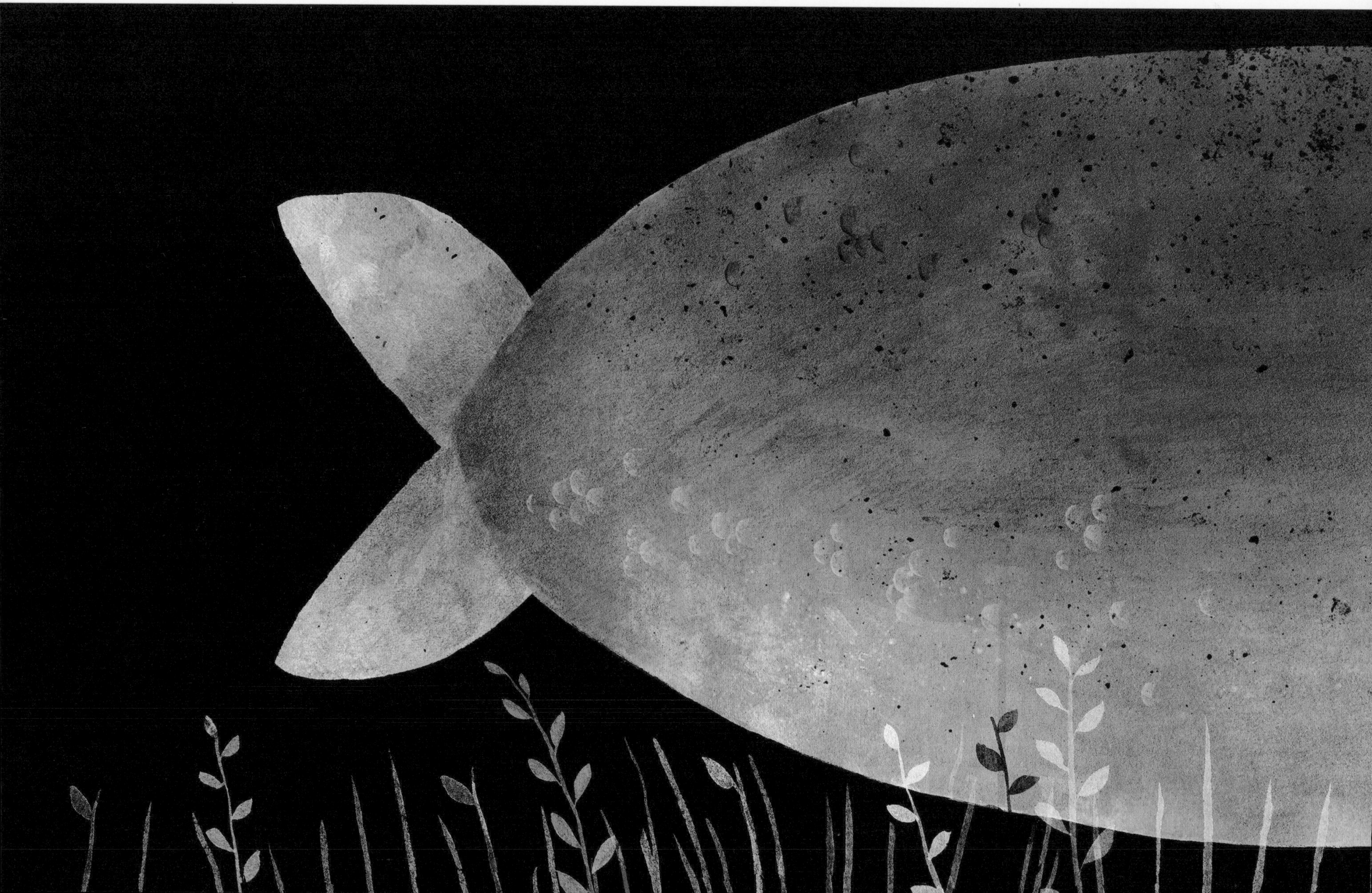

Pero seguramente tardará mucho en despertarse.

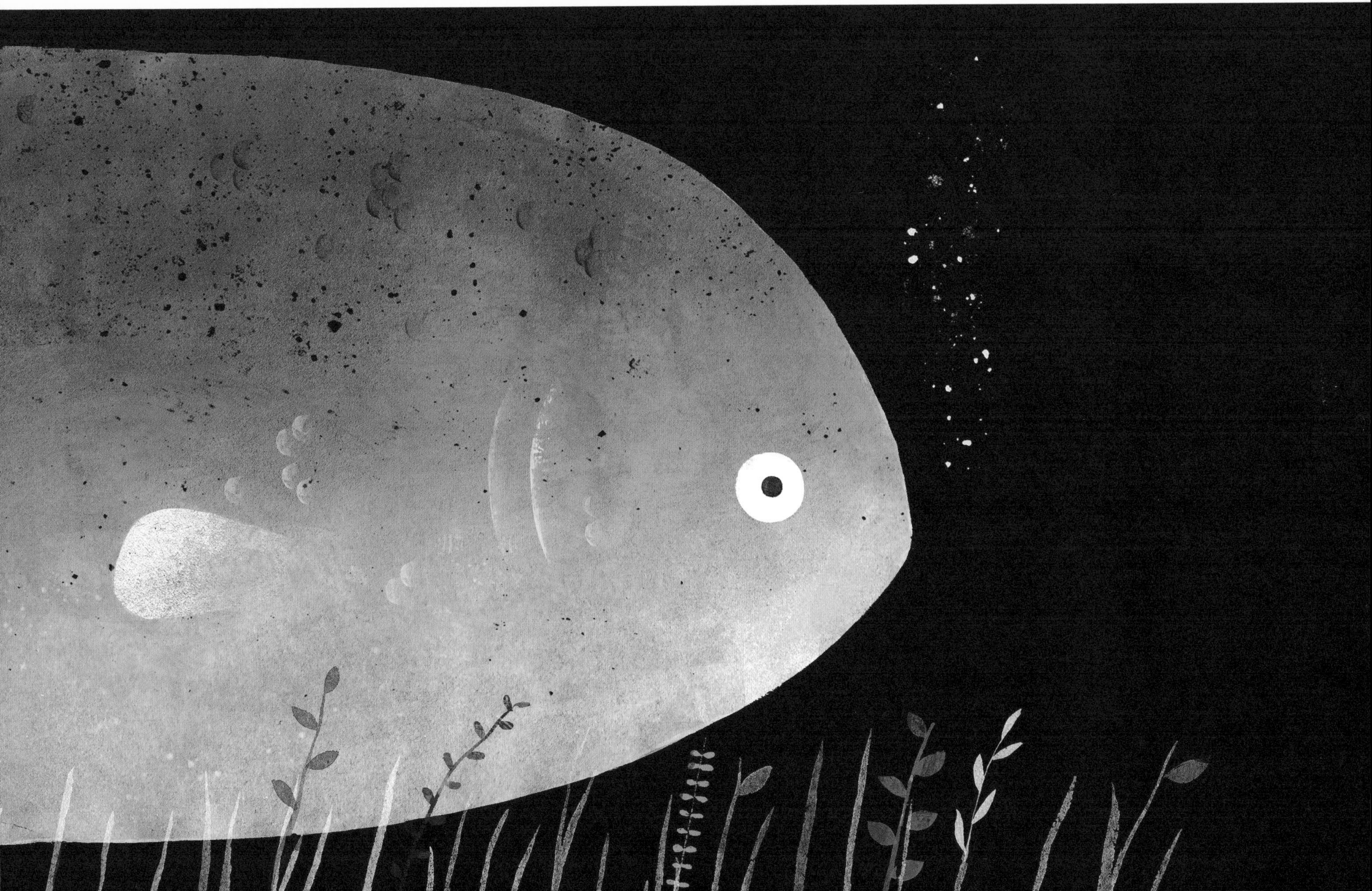

Y si se despierta…

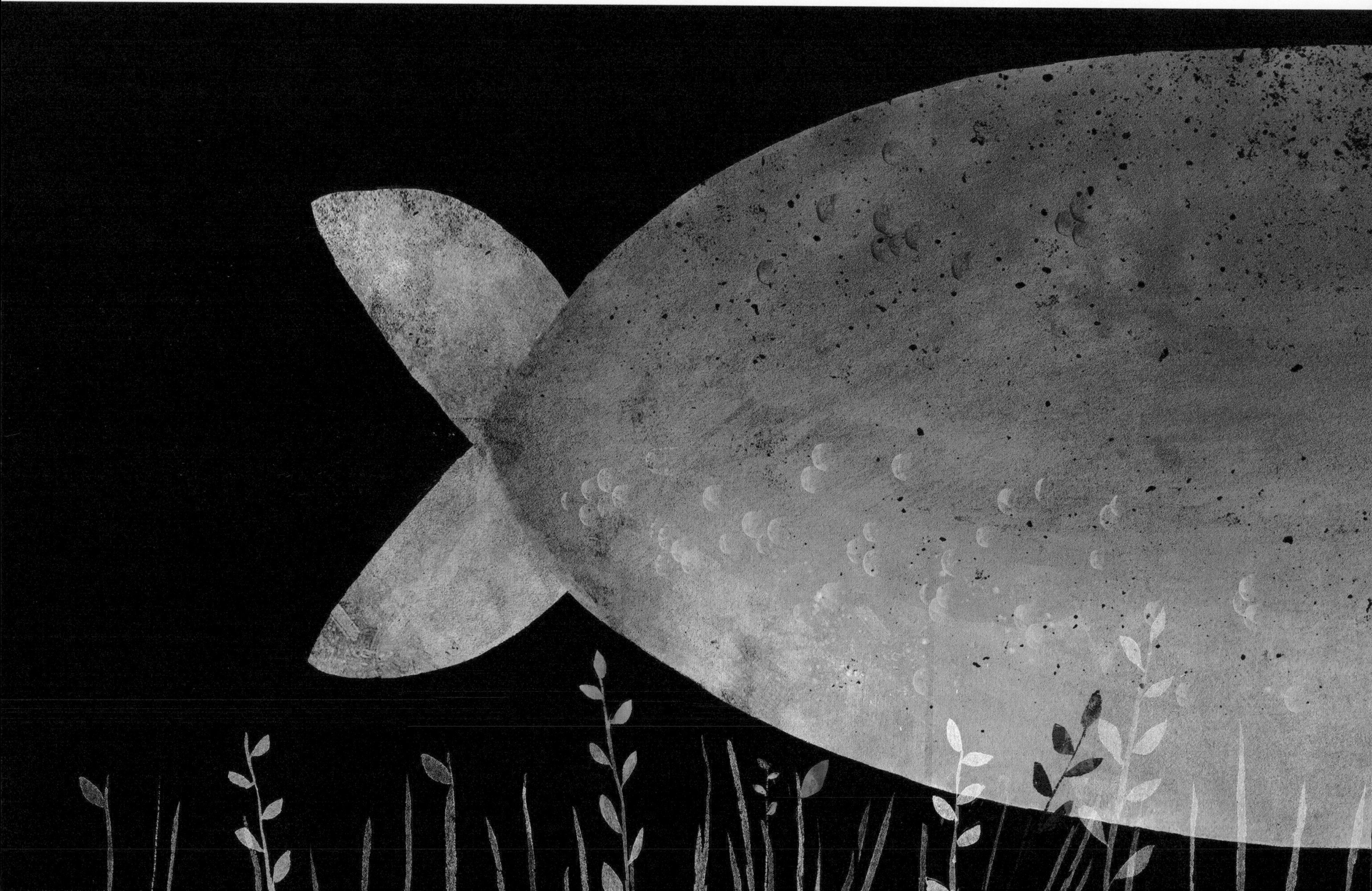

no creo que se dé cuenta de que no tiene su sombrero.

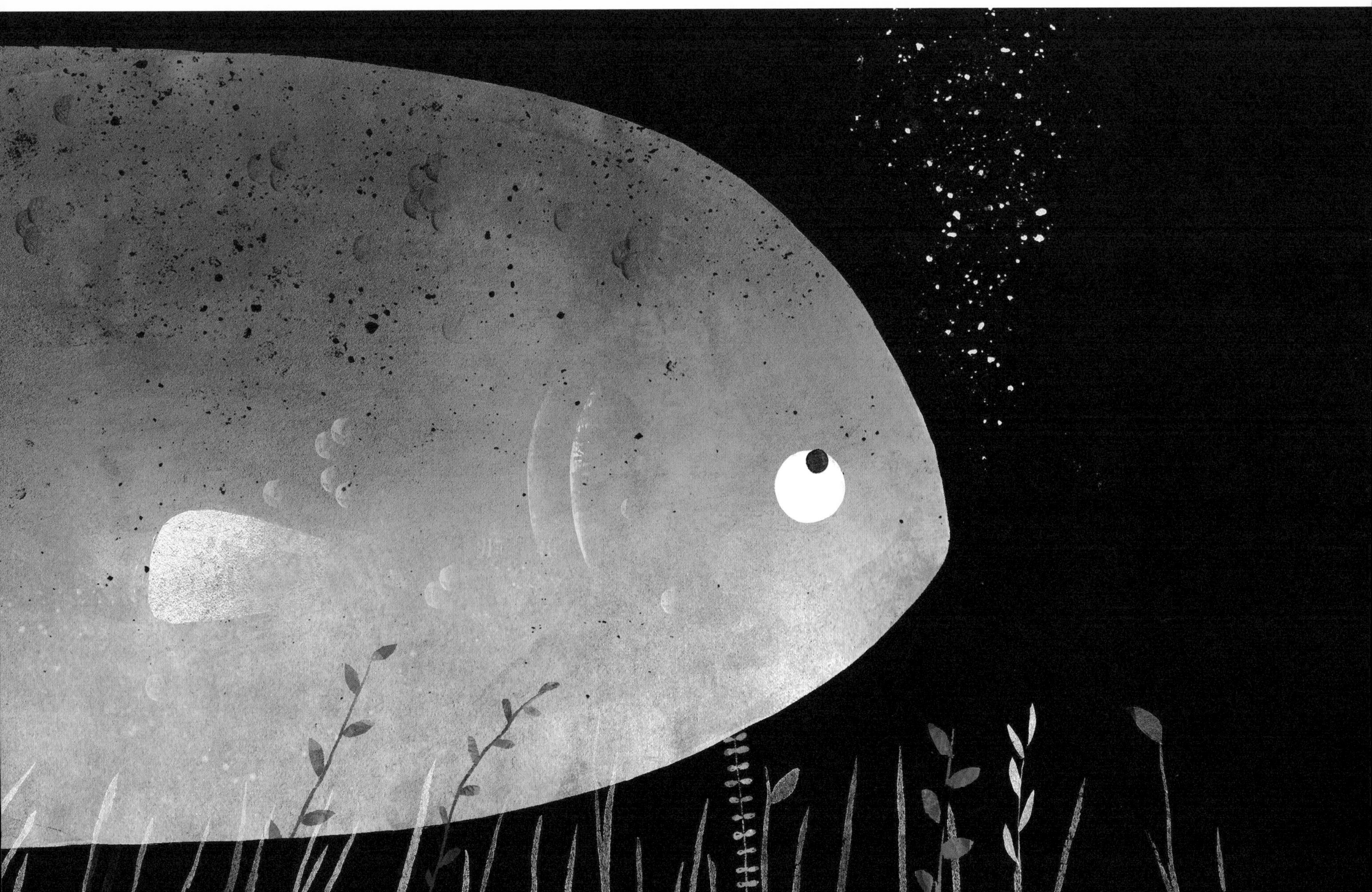

Y si se da cuenta de que se lo robaron…

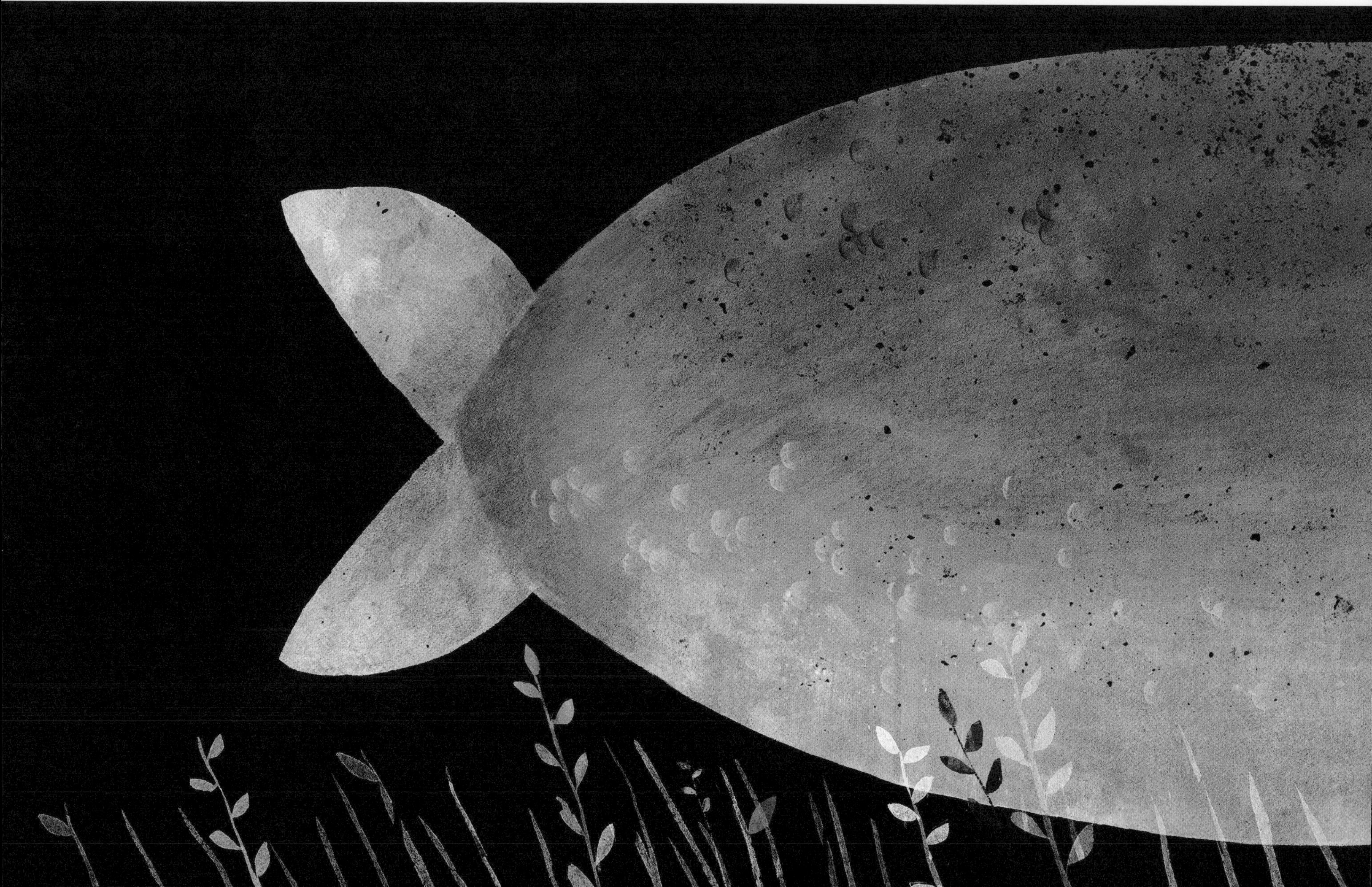

seguramente no sabrá que he sido yo.

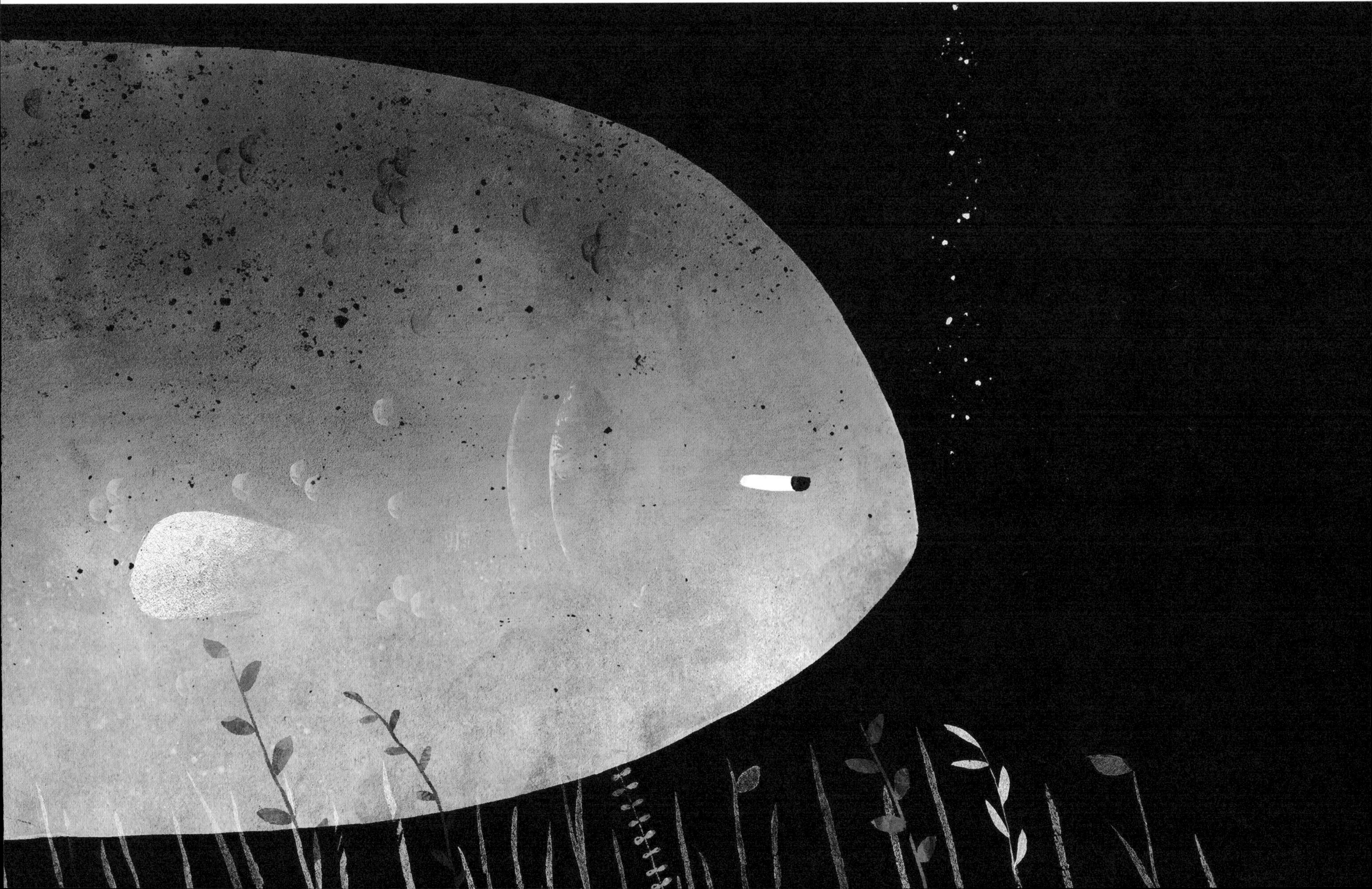

Y si se imagina que he sido yo…

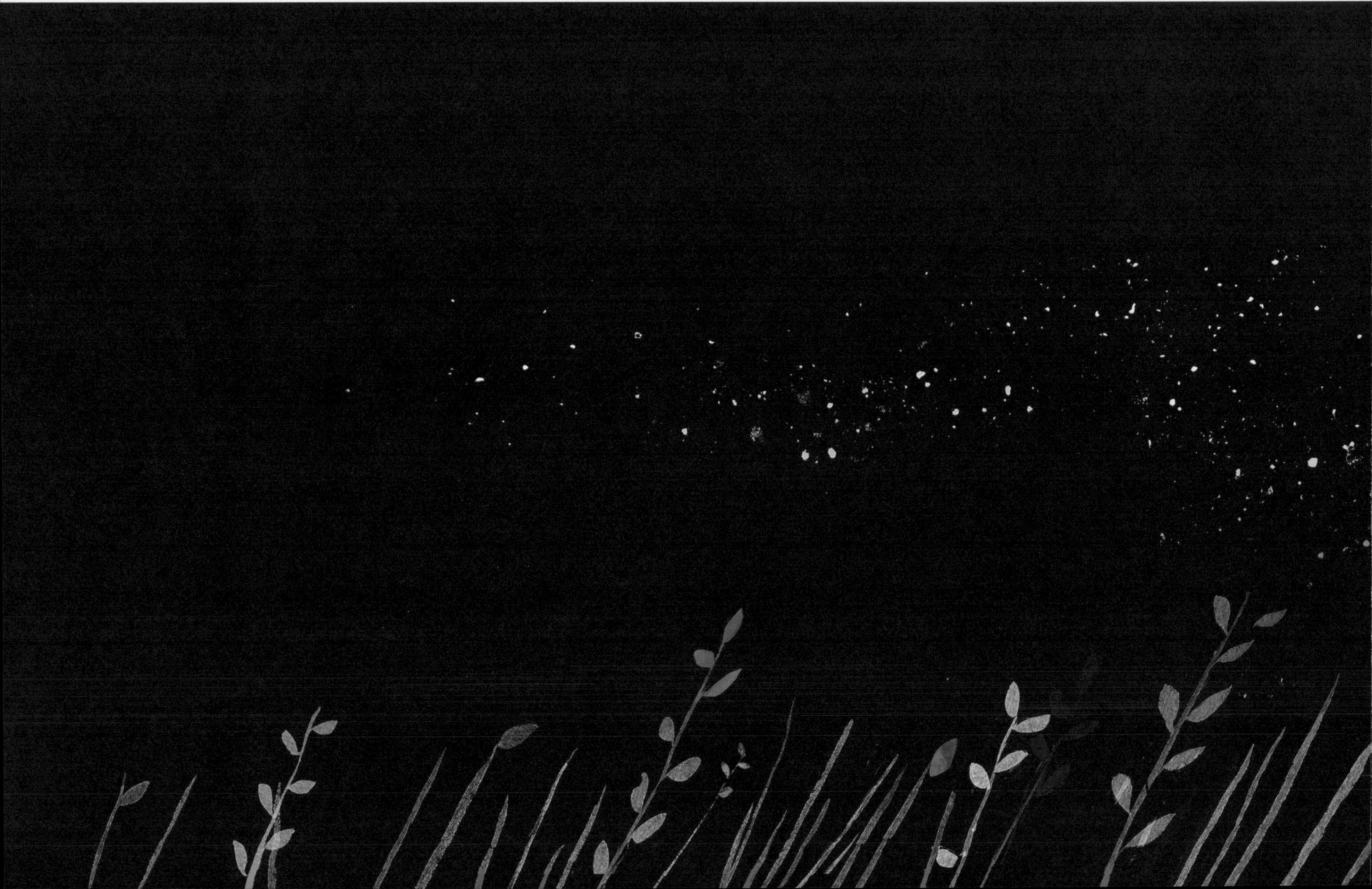

no sabrá dónde estoy, porque voy a esconderme.

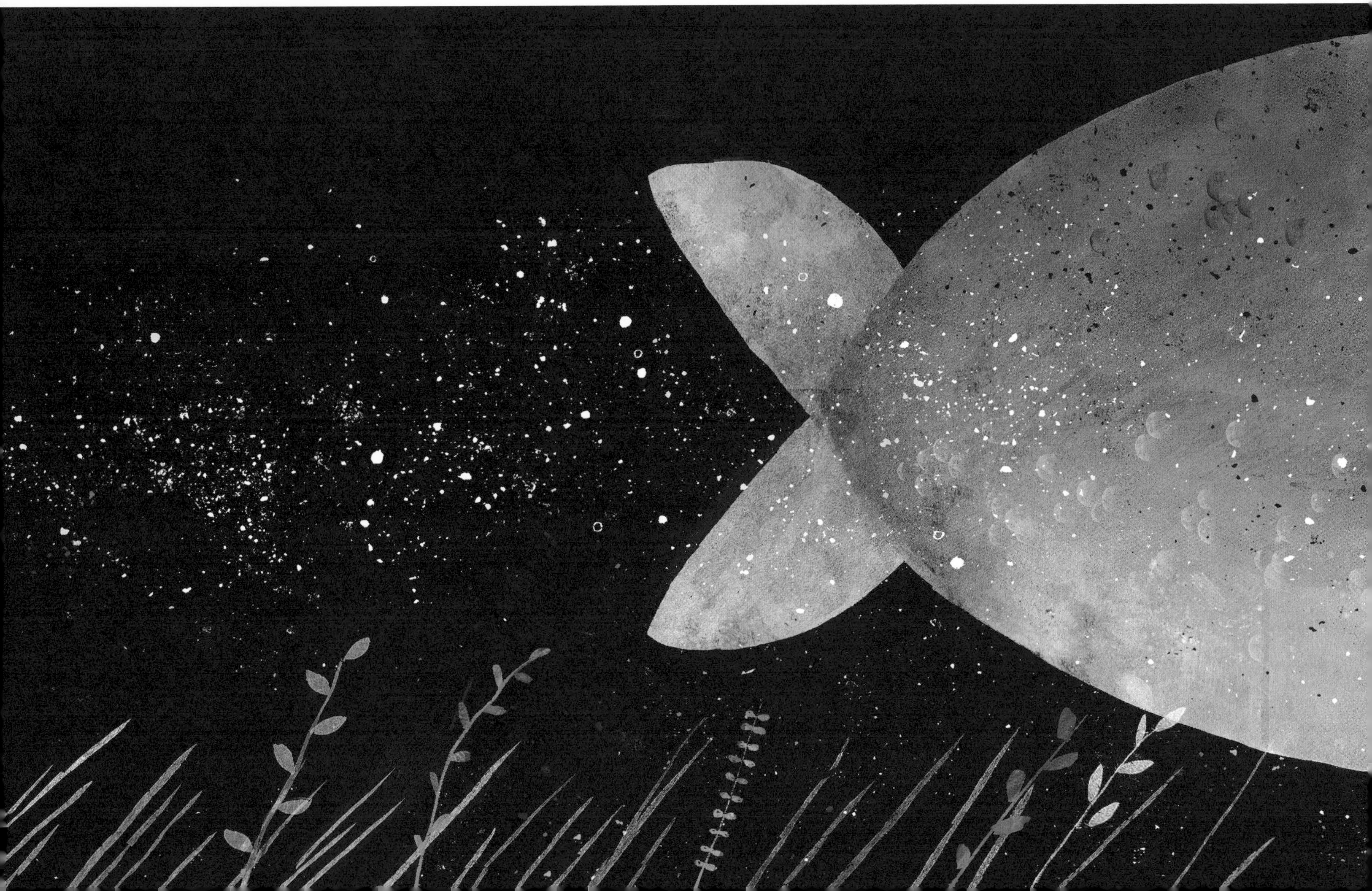

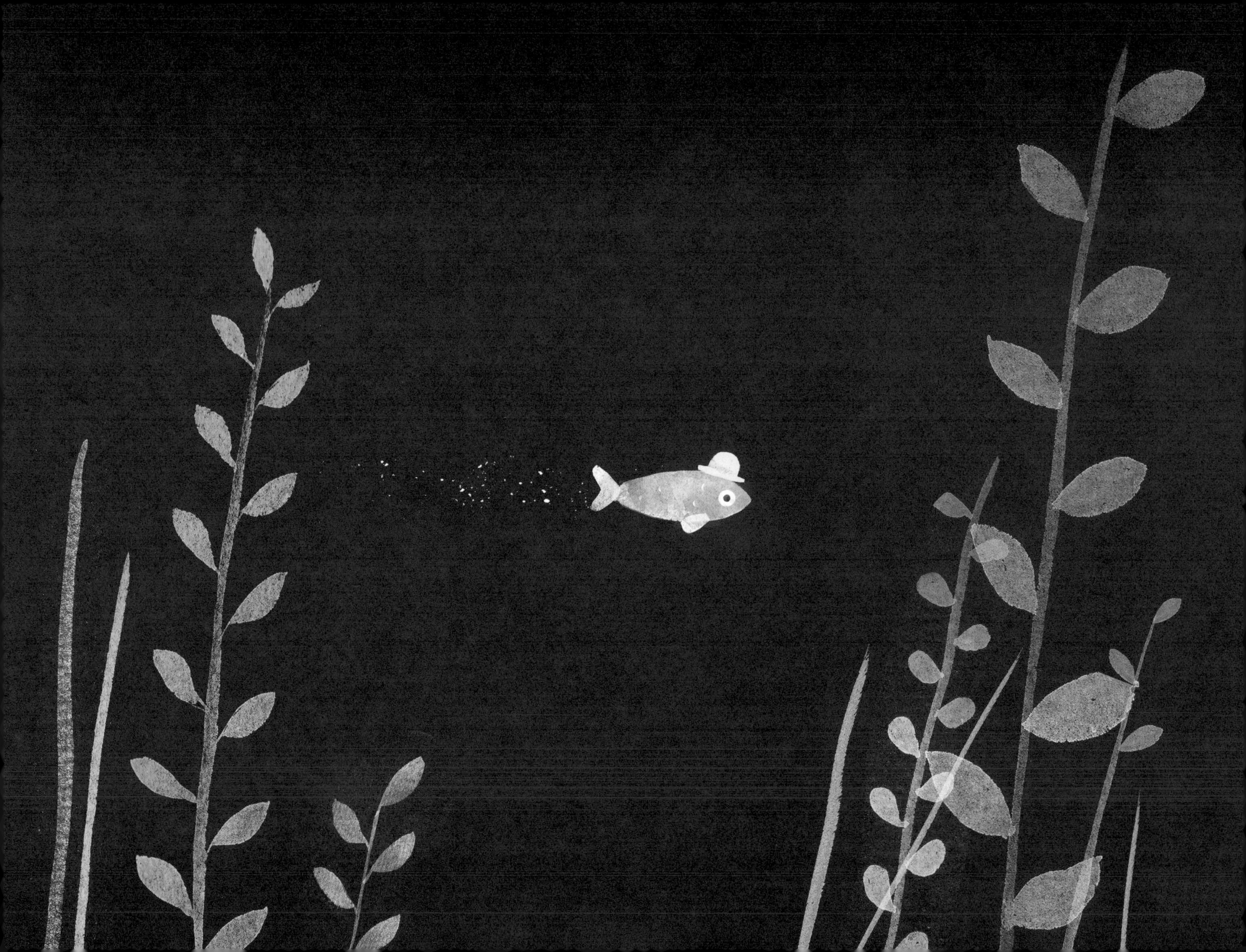

Pero a ti te lo voy a contar.
Voy a esconderme en un
lugar muy tupido
con algas muy altas.

Allí el pez grande no me verá.
No podrá encontrarme nunca.

De camino a mi escondite
me vio un cangrejo. Pero me
prometió que no le contaría a nadie
hacia dónde me dirigía.

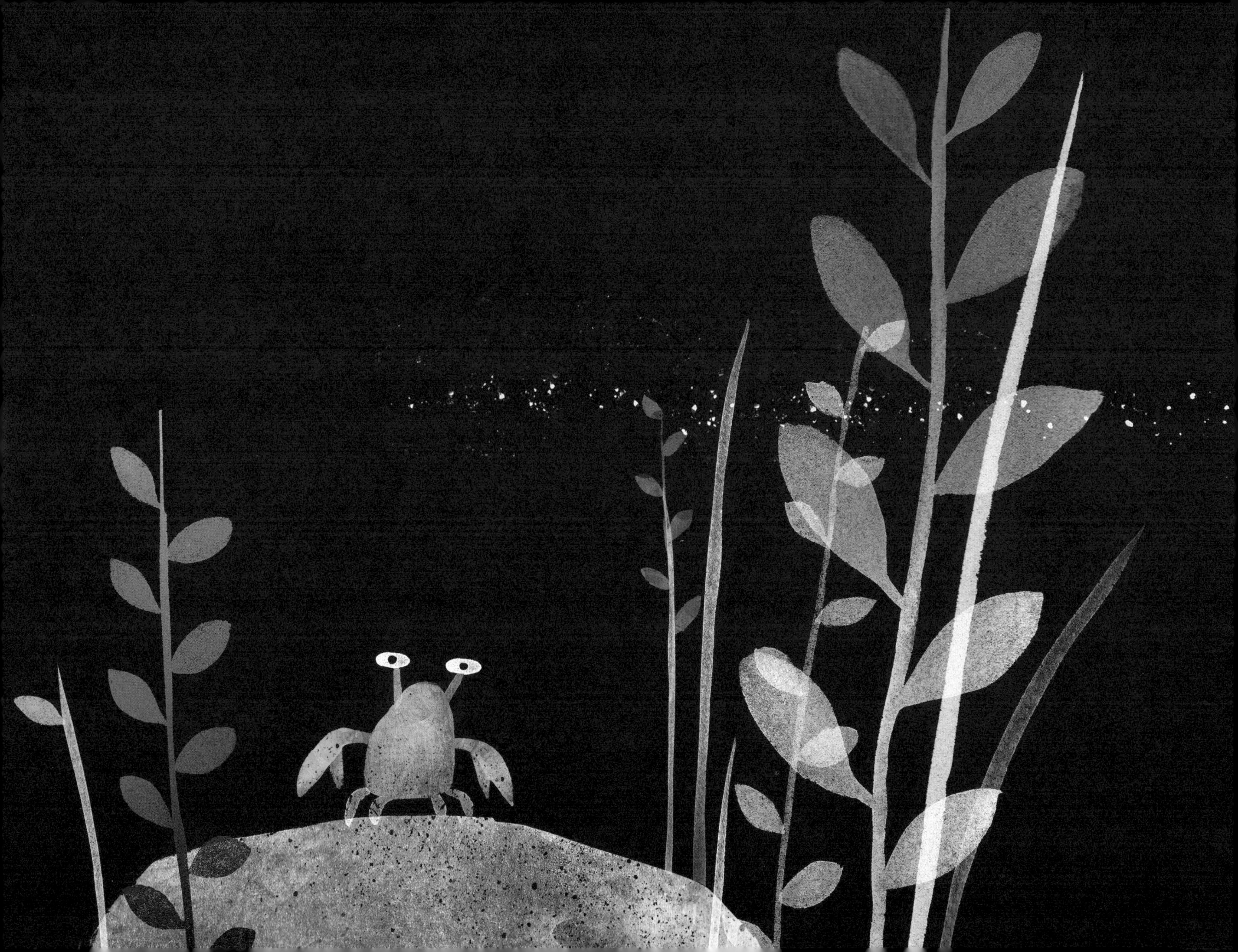

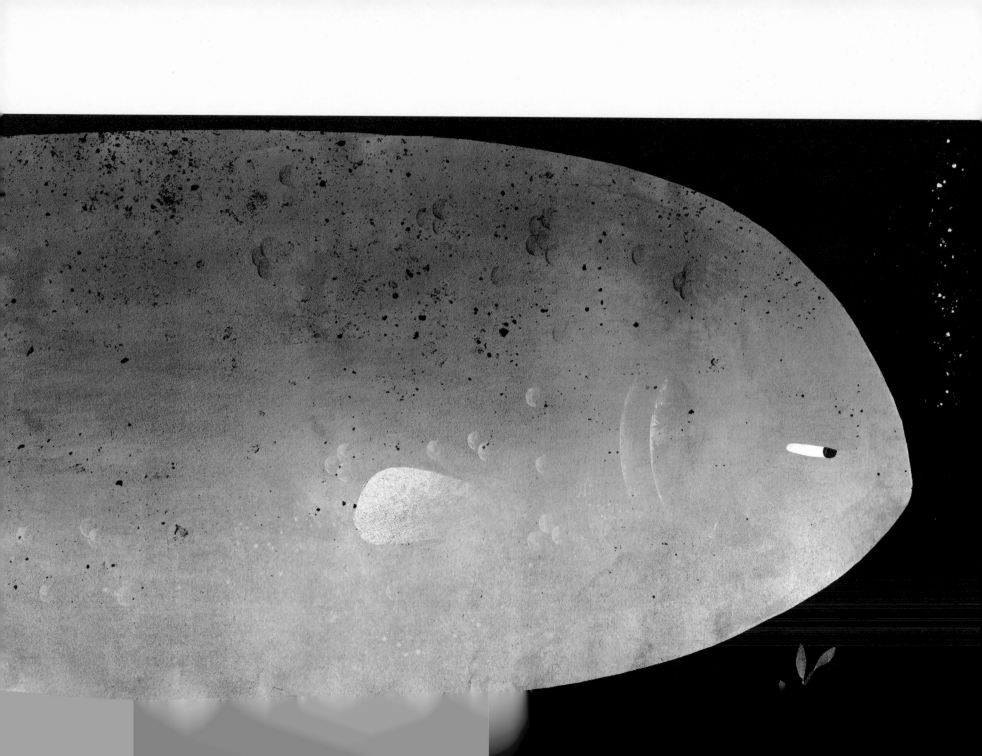

Seguramente no tengo por qué preocuparme.

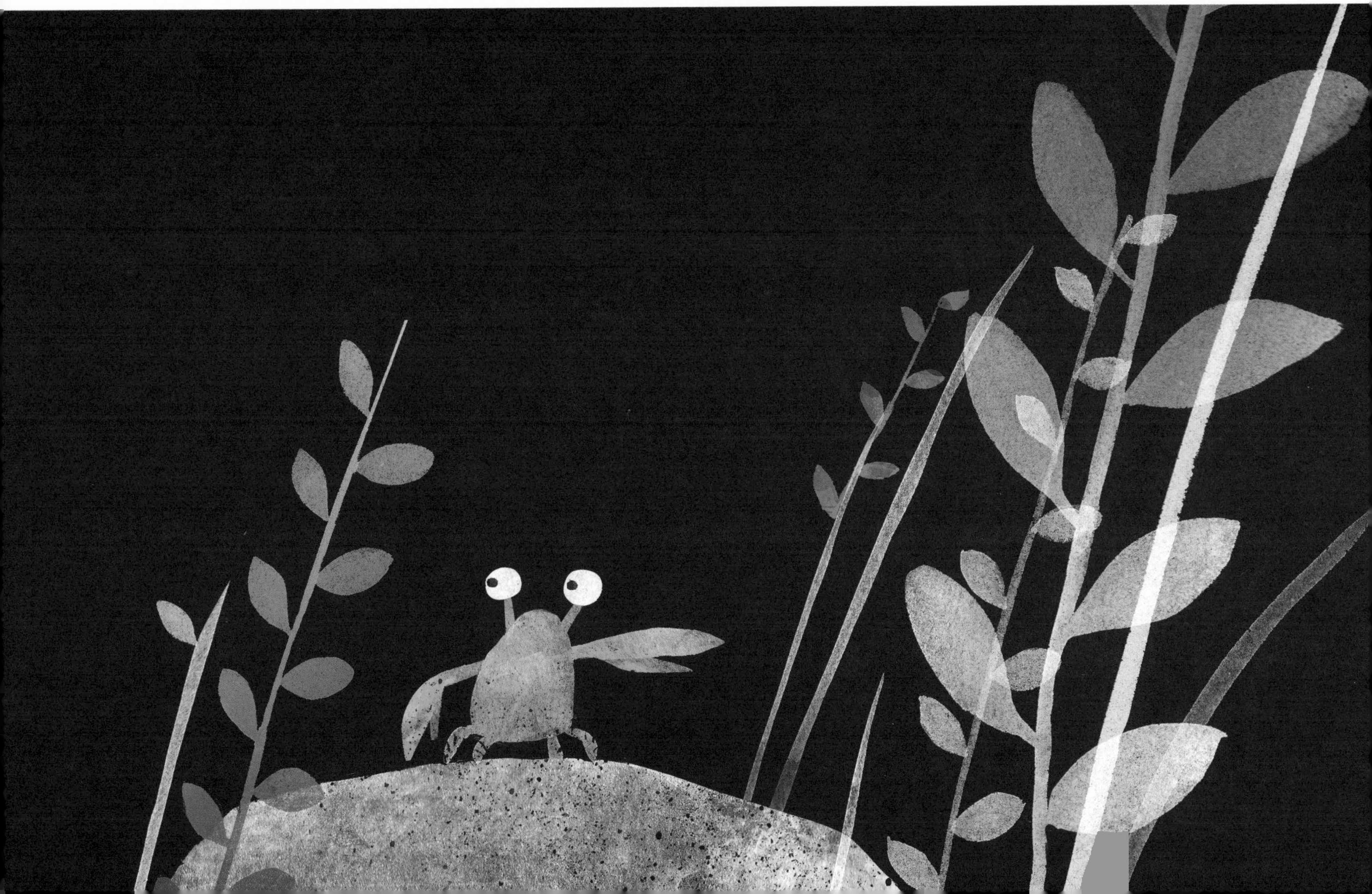

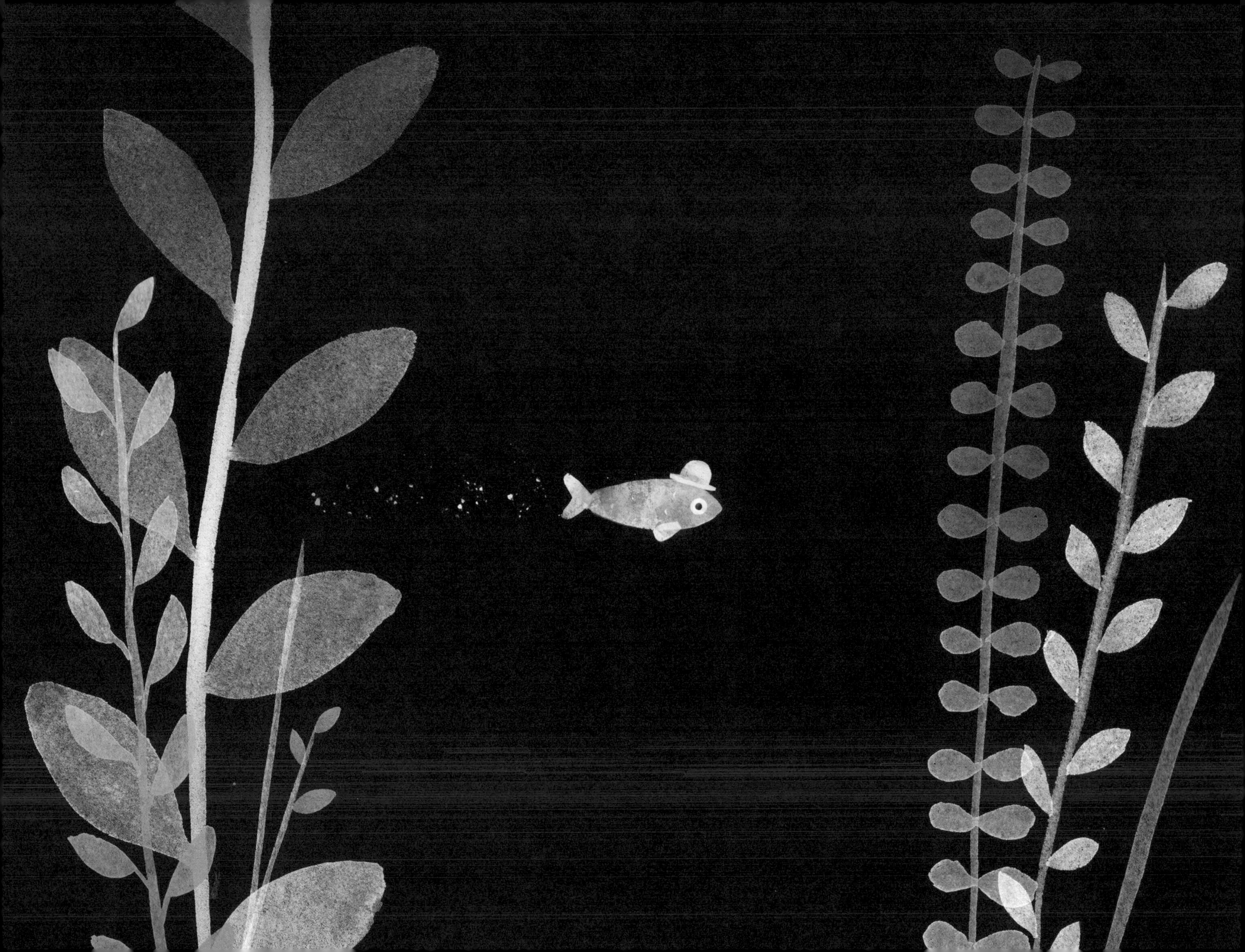

Sé que robar no está bien.
Este sombrero no es mío,
pero me lo voy a quedar.
Además, es demasiado pequeño
para un pez tan grande.
Y a mí me queda perfecto.

¡Estoy a punto de llegar!

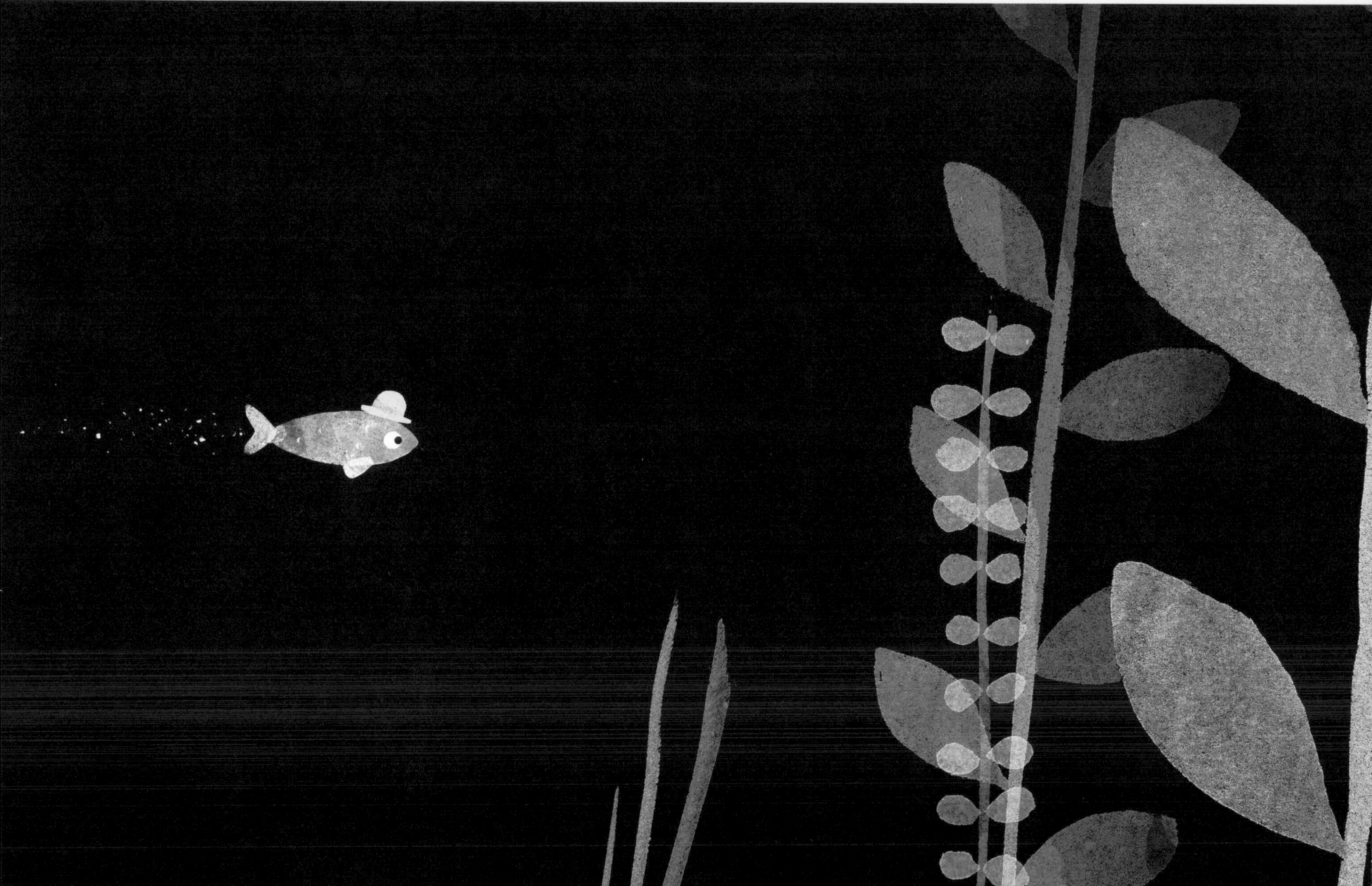

Me esconderé entre las algas.

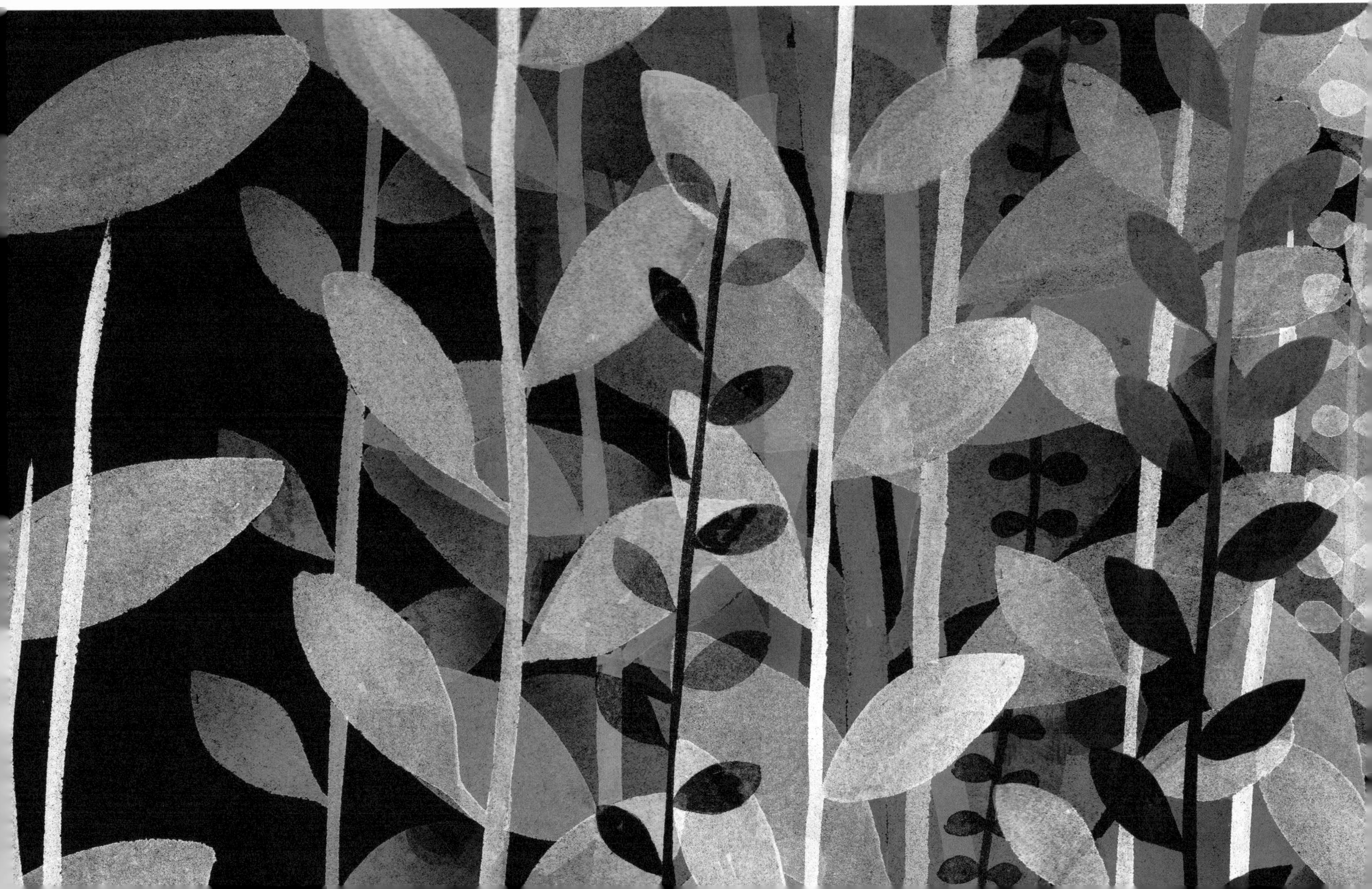

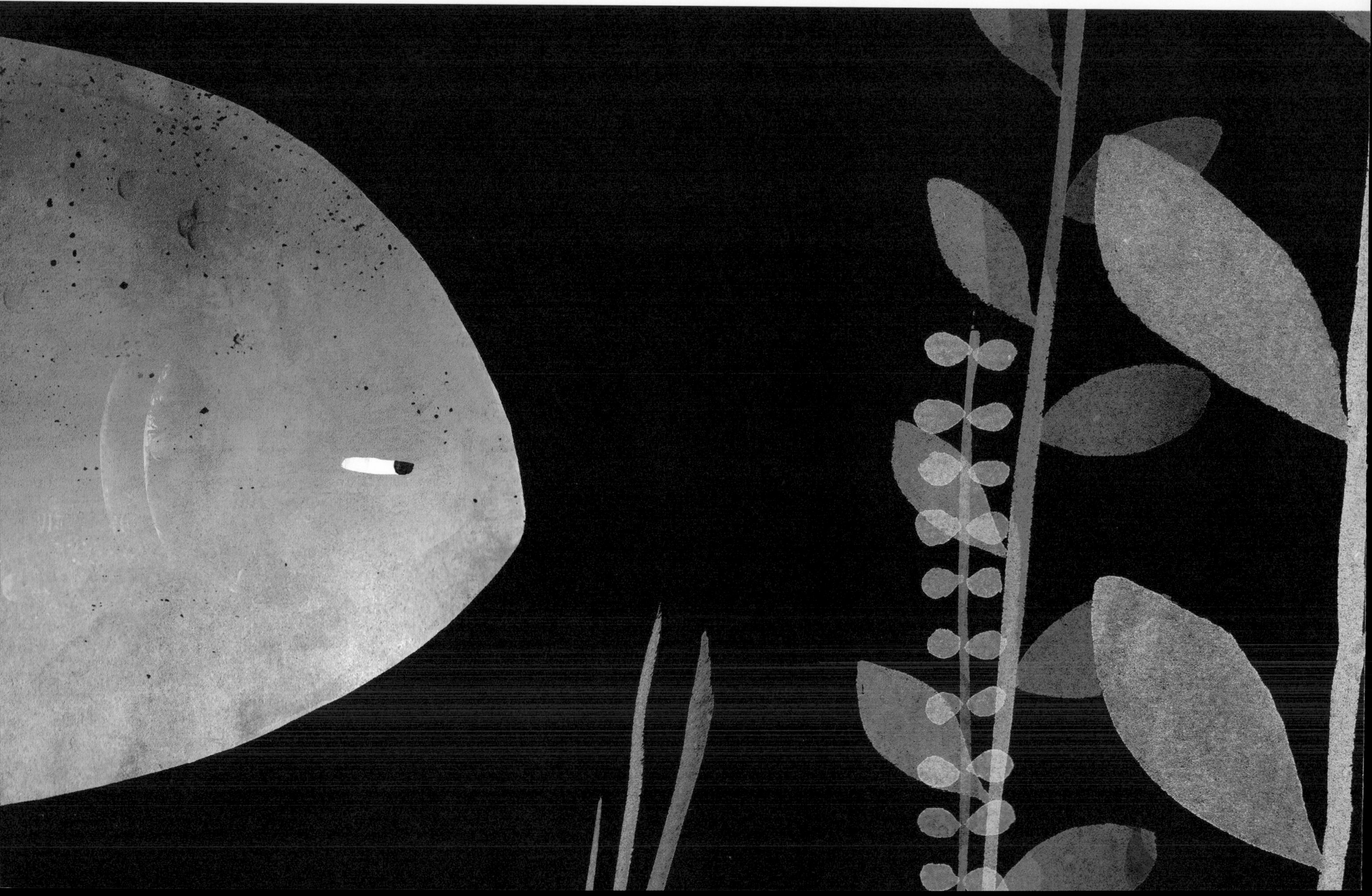

Por fin estoy a salvo.

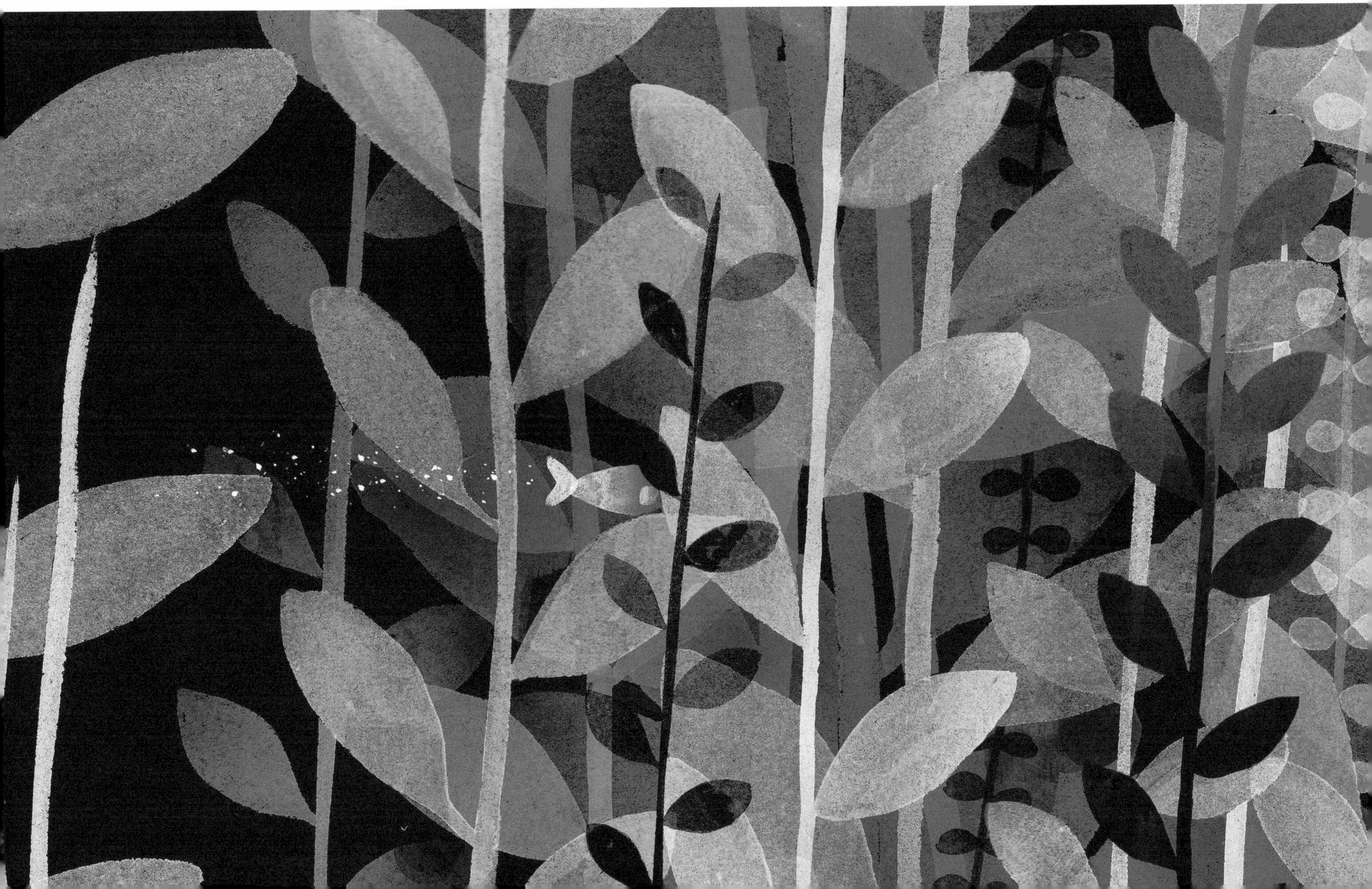

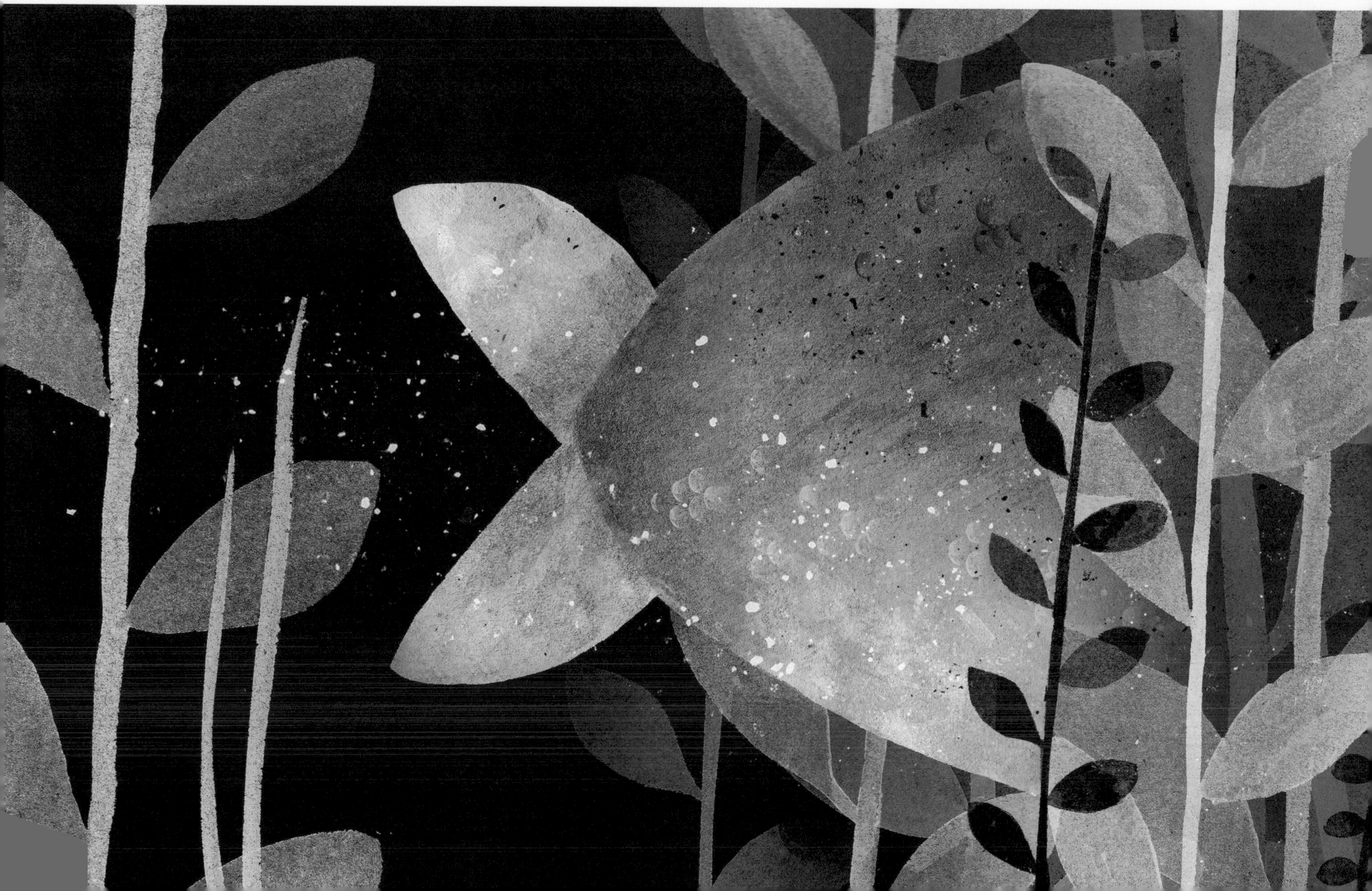

Aquí nunca me encontrará.

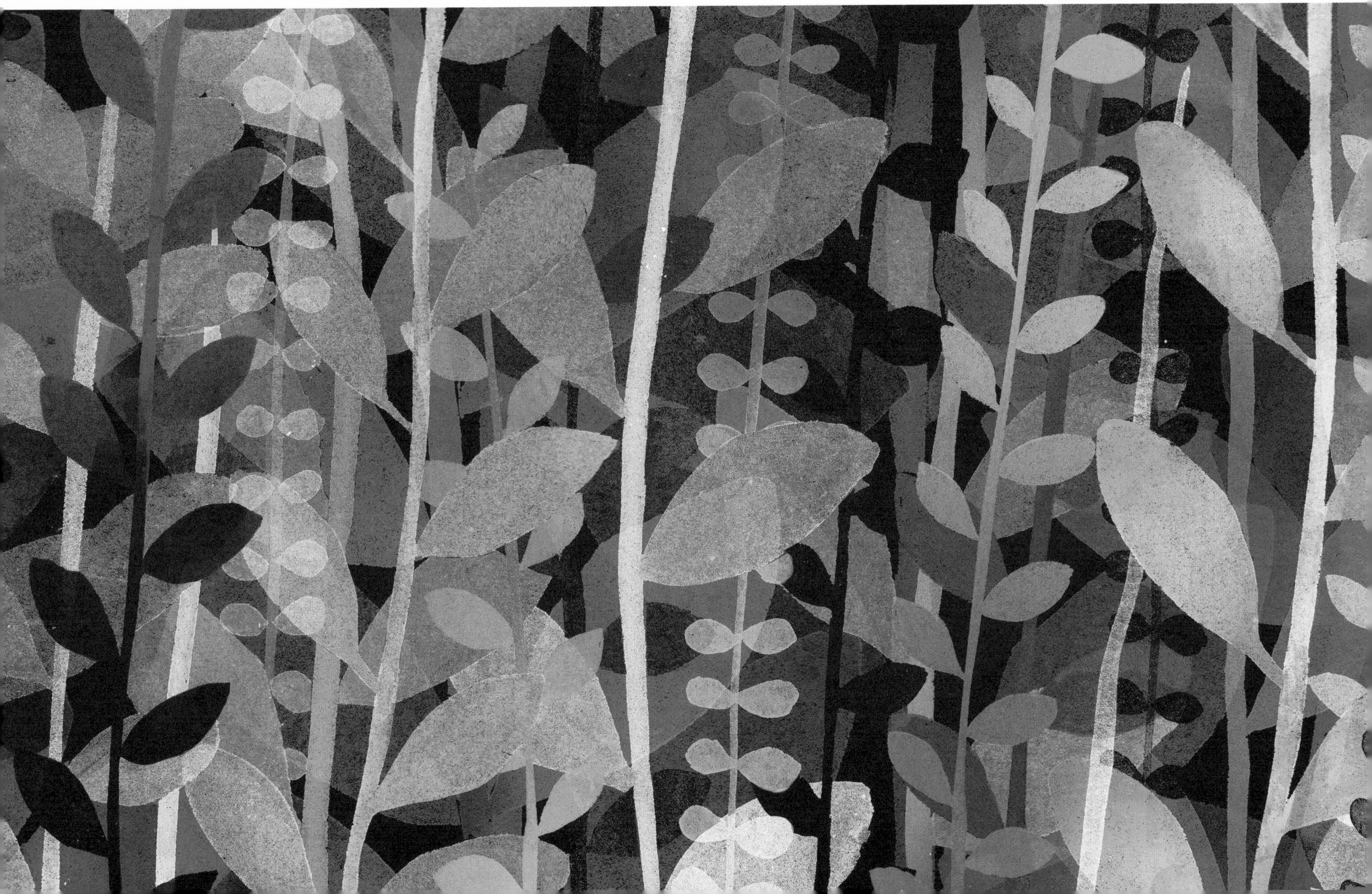

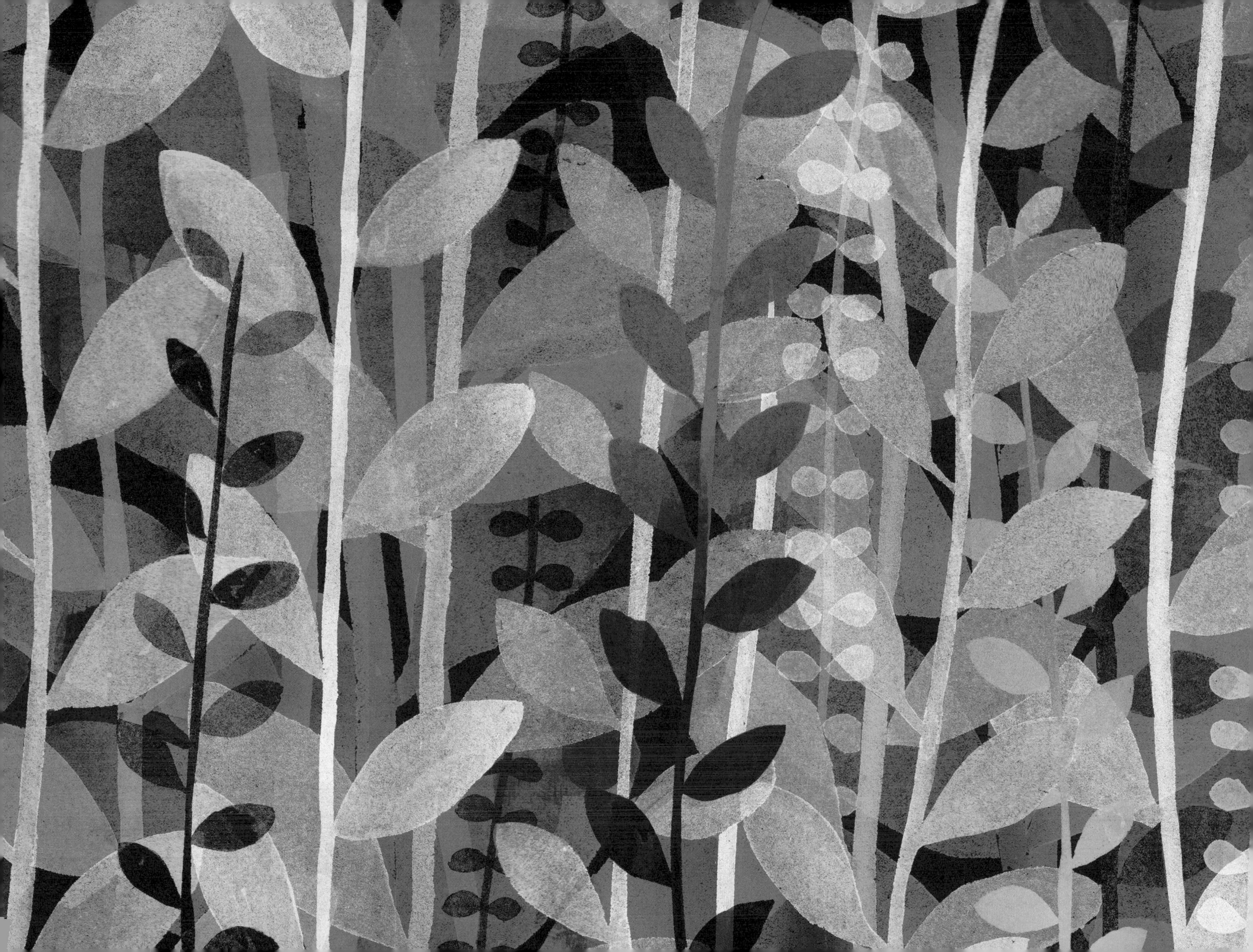

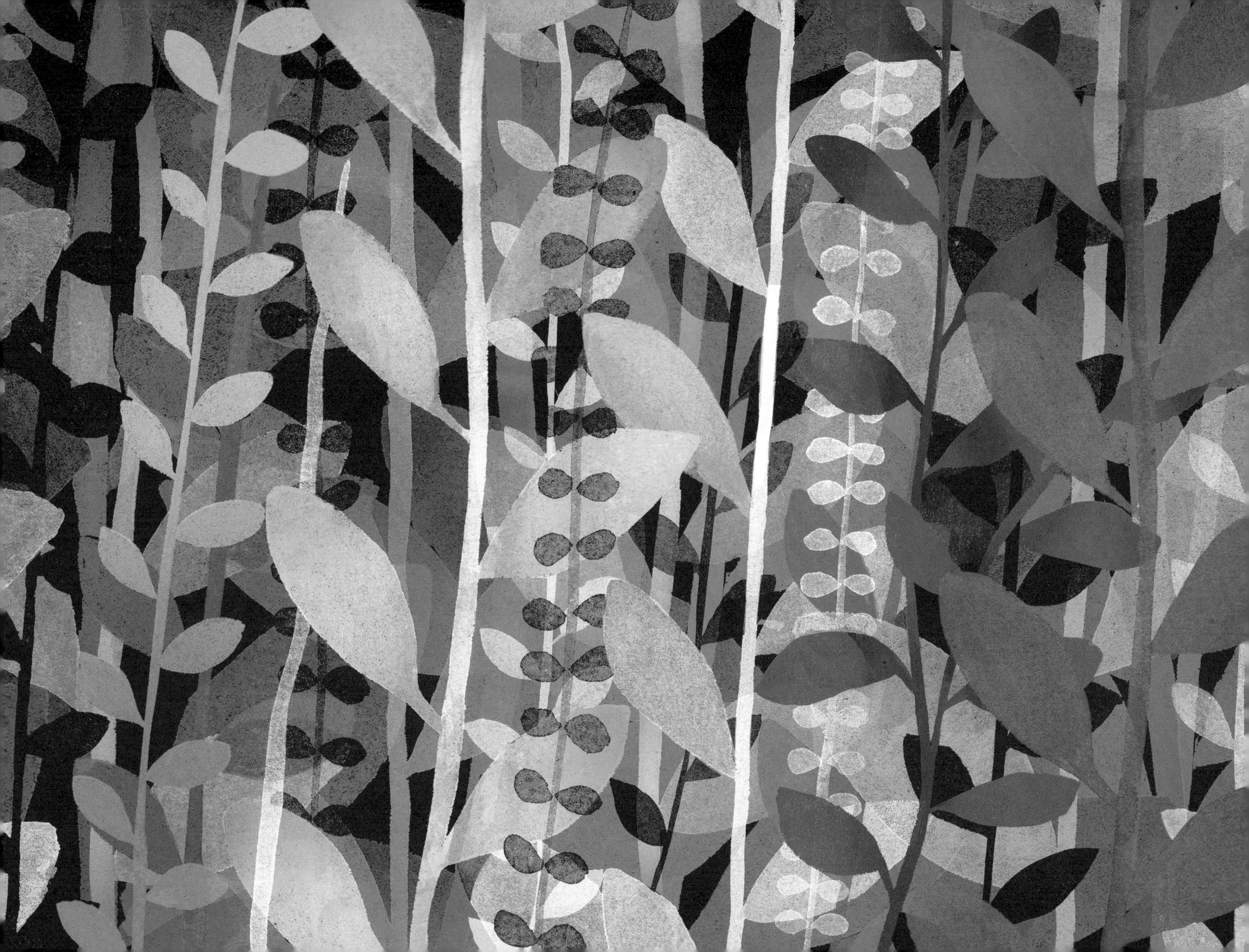

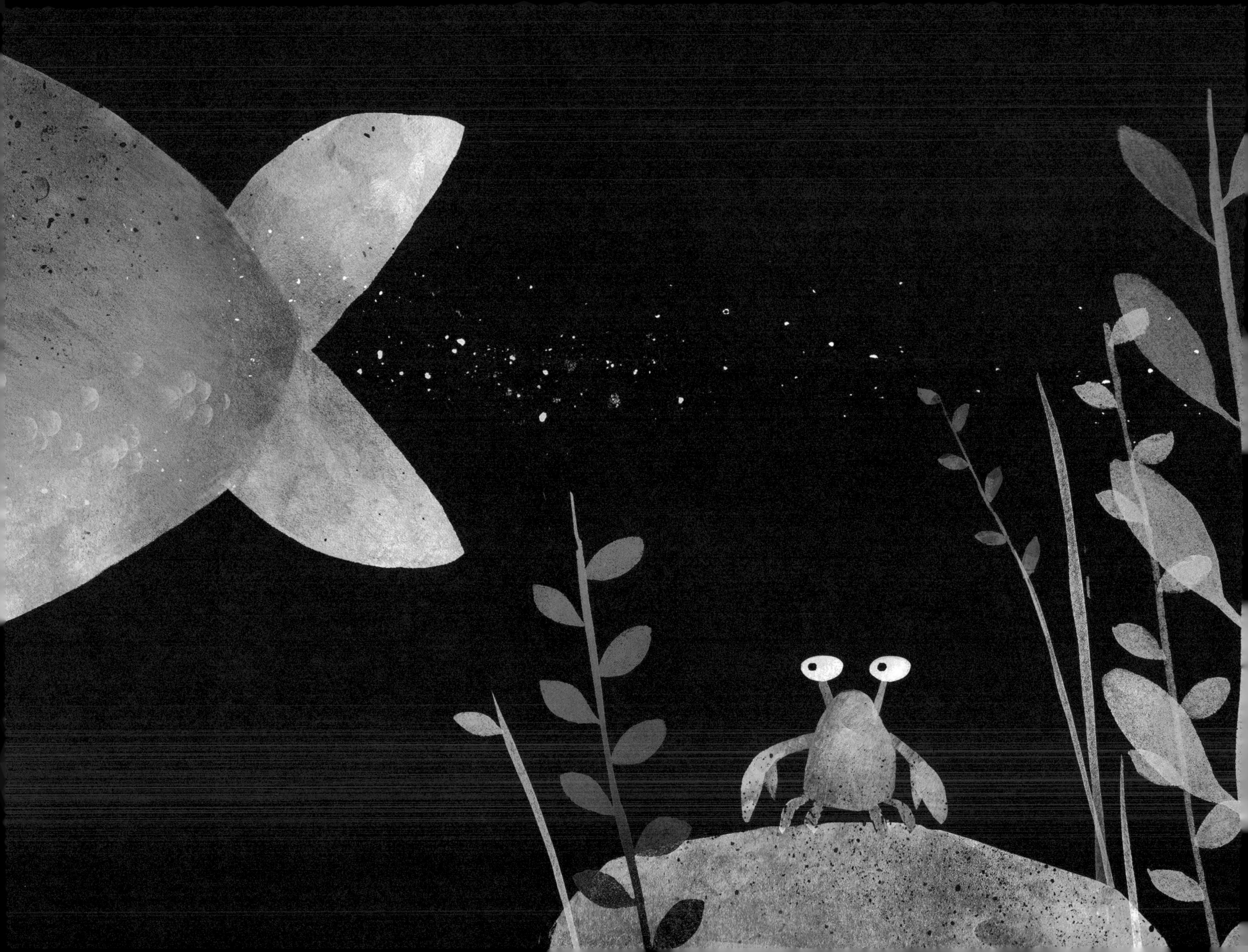

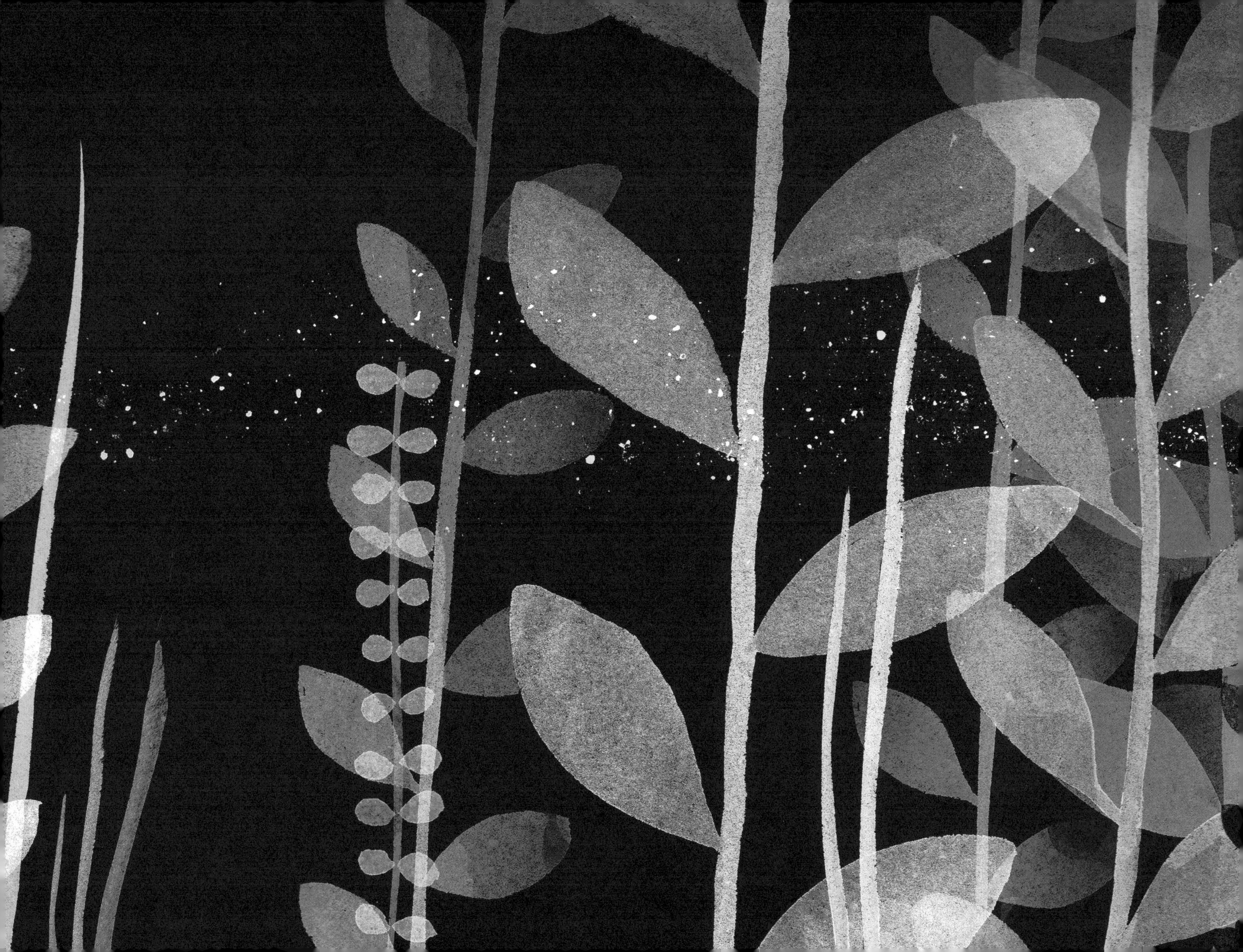

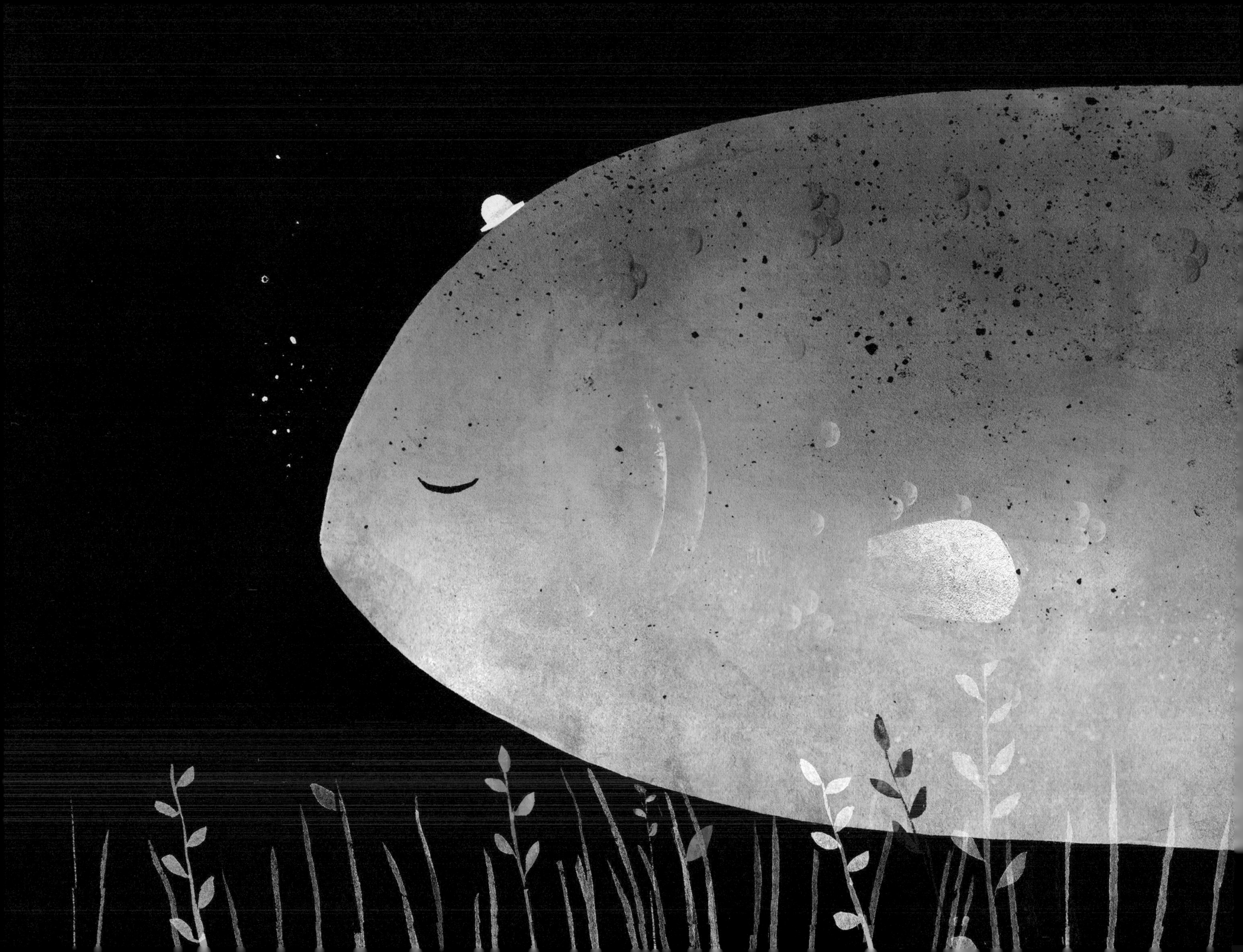

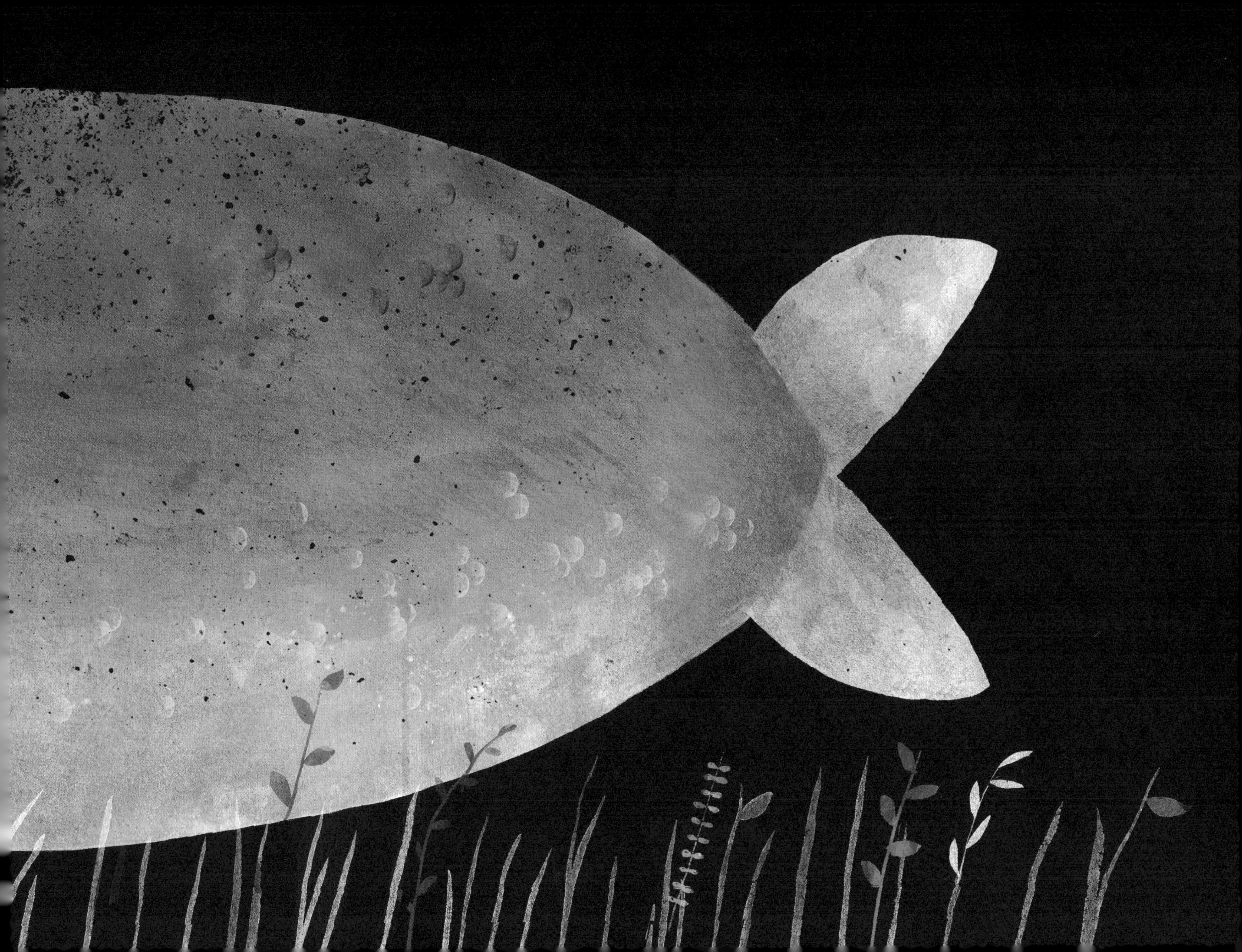

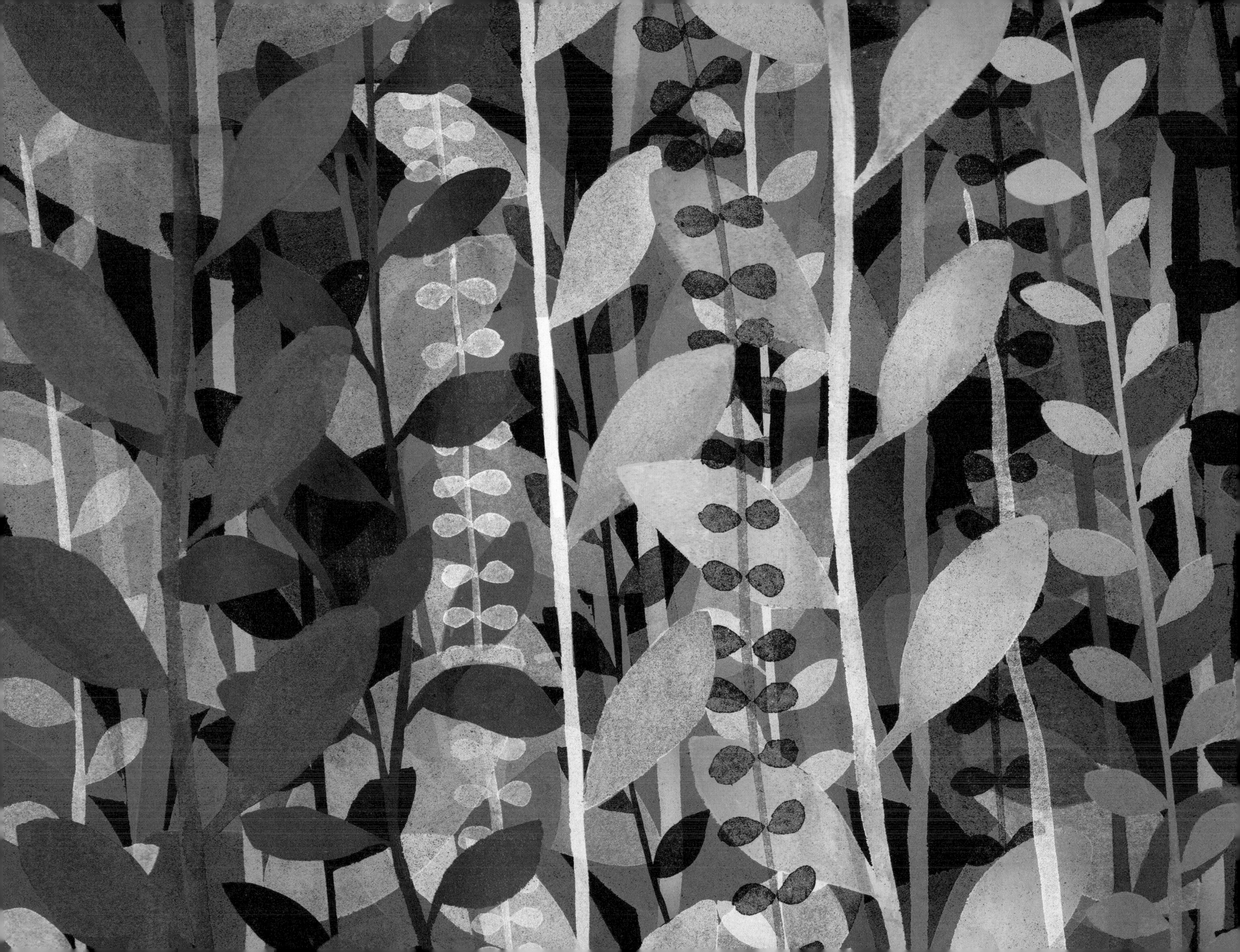